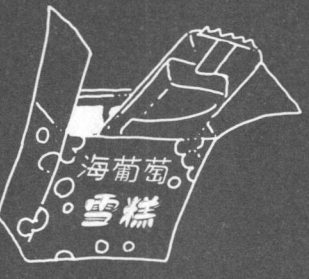

学会与自己的心灵对话

超越迷茫的勇气

[日] 古贺史健 / 著
[日] 奈良野 / 绘
田秀娟 / 译

青岛出版集团 | 青岛出版社

图书在版编目（CIP）数据

超越迷茫的勇气 /（日）古贺史健著；（日）奈良野绘；田秀娟译 . -- 青岛：青岛出版社，2024. -- ISBN 978-7-5736-2637-0

Ⅰ . I313.84

中国国家版本馆 CIP 数据核字第 20241SD234 号

原书名：さみしい夜にはペンを持て
SAMISHII YORUNI WA PEN WO MOTE
Text Copyright © Fumitake Koga 2023
Illustrations Copyright © Narano 2023
All rights reserved.
First published in Japan in 2023 by Poplar Publishing Co., Ltd.
Simplified Chinese translation rights arranged with Poplar Publishing Co., Ltd. through Future View Technology Ltd.

山东省版权局著作权合同登记号　图字：15-2024-69 号

	CHAOYUE MIMANG DE YONGQI	
书　　名	超越迷茫的勇气	
著　　者	［日］古贺史健	
绘　　者	［日］奈良野	
译　　者	田秀娟	
出版发行	青岛出版社（青岛市崂山区海尔路 182 号，266061）	
本社网址	http://www.qdpub.com	
邮购电话	0532-68068091	
责任编辑	梁　颖	
美术编辑	桃　子　夏　琳	
版权编辑	王丽静	
内文排版	戊戌同文	
印　　刷	青岛乐喜力科技发展有限公司	
出版日期	2024 年 10 月第 1 版　2025 年 4 月第 3 次印刷	
开　　本	32 开（890 mm×1240 mm）	
印　　张	9.75	
字　　数	195 千	
书　　号	ISBN 978-7-5736-2637-0	
定　　价	56.00 元	

编校印装质量、盗版监督服务电话　4006532017　0532-68068050

我是章鱼小弟。在学校，我常常被叫成"煮熟的章鱼小子"。因为我一紧张就会脸红。

我觉得自己学习不行，运动不行，就连说话也不行。就因为这些，上初中后，我总是被欺负。

我想：当然会这样啊，我要是有个这么差劲的同学，我也会嘲笑他。

有人说，没有永恒的黑夜。这句话的意思是：不管多么难熬的日子，总有结束的时候；明亮的清晨，总会到来。所以，现在你要忍耐，要拼命忍耐。

初中确实只有三年，总有毕业的时候。可是，对我来说，这三年却像永远一样漫长。

让我去忍耐这仿佛没有尽头的永远？

拜托，别装明白人，别站着说话不腰疼——过去，我一直这么想。

现在，一封信让我想起了那个夏天。那十多天发生的事情，把我从黑暗的日子中拯救了出来。

在公园的角落里，我邂逅了寄居蟹大叔。大叔教会我如何度过仿佛没有尽头的孤独长夜。

我沿着长长的心灵阶梯向前走去。在语言光芒的照耀下，我一直一直向前走。

寄居蟹大叔一定会这样说：没有永恒的黑夜。穿过孤独的长夜，去迎接朝阳吧。清晨，正等着你。所以——

在孤独的深
拥有超越迷

目录

序幕　于是，我遇到了大叔 / 002

第一章　"想"和"思考"有什么不同？
为什么说出来就会感到痛快？ / 024
"未形成语言的泡泡"和语言水母 / 029
"想"和"说"之间有距离 / 032
"对谁都不能说的话"该对谁说？ / 036
写出来，和自己对话 / 038
"写"和"说"有什么不一样？ / 041
思考，就是试图找到"答案" / 046
我们都有"橡皮" / 049
沿着长长的心灵阶梯向前走 / 053

第二章　在自己独有的"迷宫"中探险
那类文章中有没有假话？ / 058
文章为什么会背离本心？ / 064

太急于形成语言 / 067
为什么会出现"语言暴力"？ / 073
不但要写发生的事情，而且要写"思考的事情" / 078
和大家在一起，无法做自己 / 082
在自己的"迷宫"中探险 / 086

章鱼小弟的日记 / 094

第三章　你的日记也有读者

想写却写不出来 / 098
对自己的感受进行素描 / 102
关注细节而非整体 / 107
问一问当时的自己 / 111
不思考，很糟糕吗？ / 114
对话时的九成内容是回复 / 118
一个人的时候，写下"不是回复的话" / 123
对话中不要争胜负 / 125
把四处分散的我们联结在一起 / 129
任何文章都有读者 / 133

章鱼小弟的日记 / 138

第四章　探险之剑和探险地图

怎样让自己喜欢写作？ / 152

增加词汇量 / 157

透过慢镜头观察世界 / 164

让语言之网更加细密 / 173

像写信一样做笔记 / 178

把大盘子里的菜分到小盘子里 / 182

这个和什么相似呢？ / 186

挖掘自己独有的主题 / 188

探险地图在哪里？ / 192

章鱼小弟的日记 / 196

第五章　我们写作的真正理由

无法对别人说的话，也无法对自己说 / 208

怎样让怨言和坏话从日记中消失？ / 212

把烦恼分成两种 / 217

更客观地看待自己 / 221

在日记中诞生的"另一个自己" / 225

章鱼小弟的日记 / 232

第六章 "写的日记"变成"读的日记"

为什么难以坚持长期写日记？ / 248

什么是互相理解？ / 252

如果没有读者 / 257

从秘密记录到秘密读物 / 260

因为想读下去，所以会写下去 / 263

全部忘记后，再开始读 / 266

章鱼小弟的日记 / 270

尾声 / 278

译后记 拿起笔，沿着长长的心灵阶梯向前走…… / 288

寄居蟹大叔的信 / 293

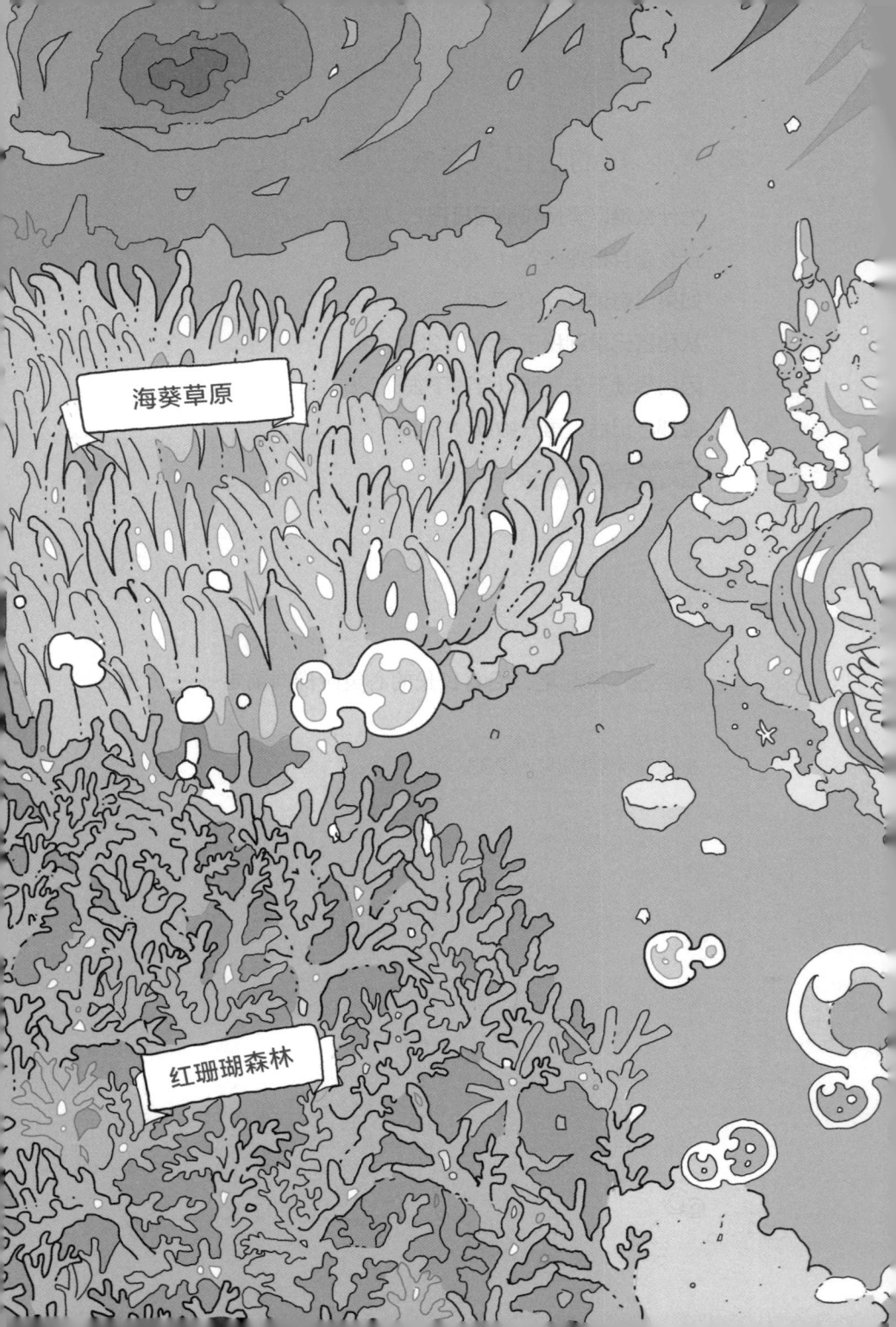

序幕

于是,我遇到了大叔

大海中学里,只有我一只章鱼。

学校里有枪乌贼、螃蟹、加吉鱼、水母、海马……但只有我一只章鱼。

为什么只有我是章鱼呢?为什么我一出生就是章鱼呢?我从小就有这些疑问。

如果我不是章鱼,一切都会不一样吧。

比如,上课时被老师叫到,我站起来,慌忙翻着课本,大家的视线都落在我身上。

"镇静,镇静,镇静……"我拼命告诉自己,但还是不由得涨红了脸。

"煮熟的章鱼小子驾到!"棒球队的飞鱼高喊一句,引得同学们哄堂大笑。

"哎呀呀,大家别笑了,认真听讲。"老师用三角板敲敲桌子,提醒着大家。

这样一来,我这只章鱼就无话可说了。如果这时我硬要出声,就会从嘴角渗出墨汁来。我的脸越来越红,我不知道该怎么办,只能等大家的笑声渐渐平息下去。

我的脑子里又盘旋起那几个问题:
为什么我一出生就是章鱼呢?
为什么只有我是章鱼呢?
为什么我不能像大家一样呢?
…………
我讨厌章鱼,也讨厌自己!

午休时间到了，绝大多数的男生朝操场飞奔而去，留在教室里的只有我们这个"回家三人组"——海鳝、康吉鳗和我。我们把两张课桌拼在一起，有一搭无一搭地聊着昨天看过的电视节目、热门视频、喜欢的漫画。

"哎，章鱼小弟，昨天那个节目你看了吗？"

伸着长脖子和我说话的海鳝一向有些自来熟。虽然他在飞鱼他们面前表现得很老实，但在只有我们三个人的时候，他总摆出一副老大的姿态。

他俩算是我的朋友吗？在这个世界上，这就是所谓的朋友吗？我并不明白。

小学时，我有能称得上真心朋友的伙伴。上初中后，坐在"我的朋友"那个位置上的是海鳝和康吉鳗。因为其他人都不肯坐在那儿，我只好和海鳝他俩在一起——我一直这么觉得。

我向窗外看去，飞鱼他们正在操场上追球。如果可以，我也想加入他们那边——在学校里不用提心吊胆的那边，连老师也可能会"高看一眼"的那边，从来不会被人嘲笑、总是嘲笑别人的那边，觉得上学很开心的那边。

"喂，章鱼小弟，你也这么认为吧？"

海鳝和康吉鳗露出尖尖的牙齿，笑了。他俩好像在聊什么好玩儿的事。我挤出一个附和的笑容，只回答了一声"嗯"。

事情的开端是为迎接体育节开的班会。

每年秋天举行的体育节是大海中学最盛大的活动。体育节开幕式的高潮，是全校学生代表进行的运动员宣誓。幸运的是，今年的学生代表要从我们班里选。

　　我心想：根本不用投票，这名代表非枪乌贼莫属。枪乌贼是足球队的前任队长，在班里很有威信。他学习和运动都顶呱呱，深得老师信任。当然，他也一定会被选为体育节接力赛最后一棒的关键选手。我眼前浮现出枪乌贼昂首挺胸、高声宣誓的样子。

　　"今天早上已经说了，运动员宣誓的代表要从我们班里选。谁来担任呢？大家商量一下吧。有没有推荐人选？"讲台上的螃蟹老师说。

　　飞鱼立刻举起胸鳍，站起来说："我觉得枪乌贼最合适。"

　　教室里响起赞同的掌声。枪乌贼依旧把胳膊抱在胸前，微微点头，一副不置可否的神情。接下来，垒球队的女生河豚和长跑接力队的男生竹荚鱼也被推荐了。他们都有各自的支持者，可以说都是在体育节开幕式上宣誓的合适人选。

"好,那就推荐到这里,下面开始投票吧。"

螃蟹老师的话音刚落,枪乌贼便举起长长的手臂,站了起来。

"枪乌贼,怎么了?"

"老师,请允许我退出。"

教室里一阵骚动。我注意到,枪乌贼站起来的时候,往我这边瞥了一眼。

"退出?你……为什么?"老师一脸紧张地问。

枪乌贼高声说:"我推荐章鱼小弟代替我参选!"

我的心脏几乎要停止跳动。

"我希望,不只我们体育社团的学生为体育节努力,'回家小组'的各位也要加油。"他补充道。

飞鱼他们扭头看向我,嗤嗤嗤地笑了。——不好!他们又想让我出洋相!女生们一脸疑惑地你看看

我，我看看你。海鳝和康吉鳗却毫不惊讶，只是静静地低着头，仿佛在等待暴风雨过去……看来他俩早知道会发生这件事。

"呃……嗯，确实是这样，枪乌贼说的对，体育节是集体活动，大家都要参与。"老师简短地说完，像是为了避免更大的混乱，又环视了一圈教室，"还有候选人吗？除了推荐别人，还可以自荐。"

大家纷纷东张西望，没有人举手。

"好了吗？没有的话，那就开始投票吧。"螃蟹老师边说边噗噗地吐着泡泡。他的声音听上去透着一丝求助的味道。

投票结果公布了，我以比河豚多三票的票数当选为运动员宣誓的代表。

飞鱼站到椅子上，捧腹大笑。围在河豚身边的一个女生冲飞鱼呸了一句："真差劲！"竹荚鱼使劲敲敲自己的课桌，说了一句"去厕所"，就离开了教室。

"不会吧？""他能行吗？""这可怎么办？"嘈杂声中，多种声音纷纷传入我的耳中。教室里一片混乱，枪乌贼依旧把胳膊抱在胸前，静静地闭着眼睛。

从这里开始,我的记忆变模糊了。

螃蟹老师给大家发了毕业志愿表,说下周交。然后,他好像还说了三方面谈*和期中考试的事情,又说最近有人发现可疑人员,要注意安全……总之,他的声音依稀传入我的耳中,他仿佛离我非常遥远。

班会结束后,飞鱼他们相继出了教室。海鳝和康吉鳗像是要去追上飞鱼他们似的,飞也似的走了。

"你们看到章鱼小子那张脸了吗?"

远处的走廊尽头传来了飞鱼的声音。大家都跟着哈哈大笑,里面夹杂着海鳝打嗝儿一样的笑声。刚才,我的脸怎么了?肯定又是满脸通红。在体育节开幕式上,我的脸也会涨得通红吧?那样,大家就又要嘲笑我是"煮熟的章鱼

---

* 此处指老师、家长和学生当面商谈学生的情况和毕业去向。

序幕 于是,我遇到了大叔　　009

小子"了。教室里只剩下我孤零零一个人,我紧紧握着毕业志愿表。"不能哭!"我越是这么想,眼泪越是不争气地涌上来。

第二天早上,我和往常一个时间起床,和往常一个时间吃早饭,和往常一个时间走出家门,和往常一样坐上公交车。

公交车上的场景也和往常一样:学生们有的在开心地聊天,有的在专心摆弄贝壳手机,有的在翻看单词卡片,有的在打盹儿。在到校前的短短时间内,大家各自做着自己想做的事情。和往常一样的校园生活,又要开始了。

"大海中学站到了。大海中学站到了。"

随着扩音器里传来的报站声,公交车停下了。大家一个接一个地下了车。就在我拿起书包准备站起来的一瞬间,我整个人僵住了——我看到飞鱼他们正走进校门。

我受不了了!

来到学校跟前,我终于意识到了这一点。

无论是见到飞鱼,还是走进那个教室和大家一起上课,抑或是再次被别人嘲笑是"煮熟的章鱼小子",我都忍受不了!

伴随着一阵轻微的恶心,我感觉肚子隐隐疼起来。泪水涌上眼眶,是因为恶心、肚子疼,还是有别的原因?我的脑子昏昏沉沉,一片混沌。

"你没事吧?"

公交车再次启动后,坐在我旁边的金眼鲷婆婆关切地看着我。

"呃……嗯,我没事。"

"是吗?要是不舒服,你就告诉我。"

金眼鲷婆婆扶了扶她硕大的粉红色眼镜,没再说别的。我感到自己好久没听到这么温柔的大人声音了。就这样,我和视线一直落在杂志上的金眼鲷婆婆一起坐到了公交车的终点站——市民公园站。我实在做不到比金眼鲷婆婆先下车。

大海市民公园在市郊,位置有点儿偏僻。

我跟在金眼鲷婆婆后面下了车,穿过茂密的海藻林,来到公园里。广场上到处是带孩子玩耍的人。我看到海藻林中正好有一块白色的岩石,就在岩石上坐下来,望着孩子们。孩子们有荡秋千的,有在攀爬架上钻来钻去的,有和妈妈玩球的。

我想,我也曾经有过那样的时光呢。真是令人难以置信哪,我怎么觉得自己上初中已经很久很久了。

我的贝壳手机响了。

是一个我不认识的电话号码,估计是学校打来的。现在大家正在上课吧,第一节是数学课,第二节是语文课。不能借着运动员宣誓这个由头嘲笑我,飞鱼他们或许正无比失望吧。他们或许已经把运动员宣誓这回事忘了。说不定,他们压根儿就不会注意到我没去上学。

我的脑海中一浮现出大家面朝黑板的情景,胸口就一阵阵疼痛。我以前虽然有几次装病不去上学,但像这样逃学还是第一次。如果被人们发现我在这里,我会不会被警察带走?他们会不会联系正在上班的爸爸和妈妈?妈妈可能会哭吧?我越想,脑子越乱。

我在岩石上躺了下来。

我望着海面,阳光闪闪烁烁。广场上孩子们的奔跑嬉闹声渐渐远去。啊!好舒服哇!好静啊!好美呀!真希望这样的时光永远持续下去。

这时,我一直握着的手机又响了——还是刚才那个号码。别打了!不要把我带回那个世界!我再也不想去学校了,我也不想回家。干脆就让我这样消失吧……

"你差不多该下去了吧?"

从我屁股下面突然传来一个瓮声瓮气的声音。我慌忙跳到一边。岩石下面露出两只大眼睛,滴溜溜地转来转去。

"啊,对不起!"

天哪!我原本以为是岩石而躺在上面的地方,竟然是一只寄居蟹的大贝壳。声音的主人,正是寄居蟹大叔。

大叔从壳里伸出弯着的手脚，愉快地伸了个懒腰，问："这么说，你不想去学校了？"

"啊？不不不！您为什么这么问？"

大叔笑着说："呵呵呵，你刚才把心中的烦恼都说出来了。"

我的脸不由得红了：原来是这样啊。我有这种习惯吗？他听到了多少？

"啊，对不起！那个，我明天就开始好好上学。请不要和学校……"

"放心吧，我不会对任何人说的。对了，明天也好，后天也好，只要你想休息，那就休息好了。"

"啊？！"

看到我不解的样子，大叔继续说："你看那儿——对面长椅上有独自坐着的大人吧？"

"嗯。"

广场对面的那排长椅上，确实零零散散地坐着几个看起来无所事事的大人。

"这个公园，对孩子们来说是开心的游乐园，对大人们来说是安静的避难所。"

"避难所？"

"对。就像你不去上学来到这儿一样,大人们也会从各自的痛苦现实中逃离,来这所公园避难。"

"您是说他们偷懒不上班?"

"也有这样的大人吧。"

"偷懒不上班,那他们在那儿做什么呢?"

"享受一个人的快乐。"

"享受一个人的快乐?"

这位大叔在说什么呢?当我不去学校一个人在家时,我总觉得心中一阵阵难受,有装病不去上学的内疚,有大家远走高飞、自己却被抛下的不安,根本不快乐。当然了,我现在也是。

"我讨厌一个人待着。大叔,您根本不知道孤零零一个人是什么滋味,所以您才会这么说!"

"我知道。"

"什么?"

"我以前也有过孤零零一个人的时候。或者可以说,我现在也是孤零零一个人。<u>一个人时的孤独,一个人时的可贵,我想我都十分了解。</u>"

"孤独?可贵?"

"孤独有两种:孩子的孤独和大人的孤独。你现在

是不是开始了解大人的孤独了？"

一阵哗哗声传来，洋流变强了。

大叔静静地望着上方。

刚才的灿烂阳光简直像个谎言，顷刻间阴影覆盖了海面。大人纷纷抱起在广场上玩耍的孩子，匆忙踏上回家的路。

"好像要起大浪了。"

"嗯。"

这时，一只小水母从大叔的身体和寄居壳之间的缝隙里探出头来。

"啊，知道了，知道了。我马上就回去。"大叔对水母说完，就蜷起腿准备钻回壳里。

"啊？不，等一下……"

"你也快回去吧，风浪很大。"大叔只留下这句话，就钻回了壳里。

"等一下！等一下！嘿，大叔！"

好让人恼火的寄居蟹！他自己说够了就逃回壳里！嘭嘭嘭，我气呼呼地敲着他的壳。刚才看到的那只水母探出头来，好心地把壳抬高了一点儿。

"大叔呢?"

水母没说话,冲我招招手。

"让我进去?到那里面去?"

我虽然看不清水母的表情,但能看到他在点头。这么窄的地方,我能进去吗?……在水母的引领下,我抬脚滑进了大叔的房子。

"哇!"我忍不住叫出声来。

水母带我来到寄居蟹大叔的房子里。这个房子大极了,大得看不到对面的墙壁。上方轻柔的洋流中,泛着银白色光芒的水母们在悠然地游动。那么小的贝壳里面怎么会有这么开阔的空间?

"太厉害了!这是怎么回事?"

听到我的问题,水母没有回话。

"哟,我以为是谁呢?原来是你呀。"

此刻不带壳的大叔看上去比刚才小了许多。带我进来的那只水母,在大叔周围开心地游着。

"你怎么这么没有防备心呢?真让人头疼啊。你这家伙,真是太调皮了。算了,算了,一直窝在房间里,也想交朋友,是吧?"

大叔转头问我:"对了,你的名字是……?"

"章鱼小弟。"

"哦,这名字真不错。嗯,你既然进来了,在风浪平静前,就在这儿歇歇吧。"

"大叔,这个房子是怎么建的呀?怎么看上去这么宽敞啊？寄居蟹的家都是这个样子吗？"

"不不不，它不光看上去宽敞，是真的很宽敞。"

"不光看上去宽敞？"

"当然了。这里呀，说不定比大海还广阔呢。"

比大海还广阔的房间？我再次环顾四周，确实既看不到墙，也看不到天花板，房子里甚至有流动的洋流。要是跟我说这里是夜晚的大海，我都会相信。可是，虽然有很多水母在头顶上方游动，却一条鱼也见不到，也完全没有珊瑚、海藻、岩石的踪影。这么看来，我们确实是在房间里。

"章鱼小弟，你现在可能还不相信，你的房间也这么宽敞呢。"

"啊？我的房间可小了。光桌子和床就把房间占满了，连挥棒球棍的地方都没有。"

"你看那儿。"大叔望着上方说，"有很多语言在游动吧？"

哪有什么语言在游动？只有透明的银白色水母在游动啊。

"其实，这个房间既是我的家，也是我的头脑。"

"想"和有什么

第一章

"思考"不同？

为什么说出来就会感到痛快？

在不知是大海还是房间的无边黑暗中，我完全听不懂寄居蟹大叔的话。

没错，我来到了大叔的寄居壳里面。在小水母的引领下，我进来了。可是，壳里面是"比大海还广阔"的房间。大叔还说这儿也是他的头脑。

"你现在肯定一片混乱吧？"大叔关切地说，"本来嘛，章鱼小弟今天已经够苦恼的了。"

没错，刚才我躺在"岩石"上自言自语，把心里想的一股脑儿地说了出来，被大叔听到了。那块"岩石"正是大叔的寄居壳。

"你最后说：'干脆就让我这样消失吧……'章鱼小弟，你为什么会那么想呢？"

"呃，那、那是因为……"

"不必勉强。你要是不想说，我就不再问了。"

我的脑子一片混乱。我既不想说，也不愿意回想。真要说的话，我也不知道从何说起。

"那、那就变得无所谓了。"

"什么变得无所谓了？"

"一切……"我虽然嘴上这样说，但心里有个声音在喊——不，完全不是这样。可是，我搜索不到其他的词语来表达。

"没关系，你从哪儿说起都行。不按顺序说也可以，想到哪儿说到哪儿也没问题。如果可以，请让我听你说。"

大叔的语气很舒缓。在他的鼓励下，我开口说了起来："那、那个……"

我一紧张就会脸红，更加紧张的话，嘴角会渗出墨汁来。于是，大家总是嘲笑我、欺负我。其实，老师和妈妈也知道这件事，但他们都装作不知道。

昨天班里选体育节运动员宣誓的代表，大家合伙把我选了出来。他们知道，正式宣誓的时候，我一定会变成"煮熟的章鱼小子"。他们就想到时候在全校师生面前嘲笑我呢。这是飞鱼他们出的主意，海鳝和康吉鳗也都听他们的。

今天我本来是要去上学的，但怎么也迈不开步子走下公交车。坐在我旁边的金眼鲷婆婆很担心我。来到这座公园后，我的手机响个不停。我实在受不了了，真想就这样消失，所以、所以、所以……

我觉得自己根本没有讲清楚。我的泪水夺眶而出，喉咙深处像是被紧紧勒住了，我简直说不出话来。我越想说话就越出不了声，墨汁又渗了出来。我更加觉得自己真是太悲惨了。

"谢谢你告诉我这些。确实很痛苦。你讲得很好。"

在我絮絮叨叨讲完之前，大叔一句话也没说，一直静静地听着。当我语塞时，他会耐心地等我说出下一句。就算我跑题了，他也不会纠正我。而且，他听得认真极了，完全没有把我的话当作耳旁风。我觉

得，我是第一次遇到这样的大人。

"呵呵呵。"我忍不住笑出声来。

"怎么了？"

"大叔，我第一次见到您，就这样全说了出来，我自己都很吃惊呢。"

"哈哈哈！咱们确实是刚认识呢。对我说出心里话来，你后悔吗？"

"不不不。正好相反，我觉得很痛快。"

这是我百分之百的真话。我把那些原本只对自己说的话都告诉了大叔。虽然说的时候，我觉得很痛苦，脑子里一片混乱。但说完后，我平静了许多，心里很痛快。

"哦，那真是太好了。这样一来，你是不是觉得问题都解决了呢？"

"啊，不，那倒没有……"

当然是这样。我只是说了实话而已，问题完全没有解决。我只要去学校，又会被飞鱼他们欺负。我的脸还是会涨得通红，我还是不得不在体育节开幕式上代表运动员宣誓，在全校师生面前被嘲笑。但是，现在我的心情轻松了一些。

"遗憾的是，我不能介入你的人际关系。我能做的，就是听你讲。你对我讲了你的事情，这让你的心情轻松了一些。你之前'想让自己消失'的想法变弱了，是吧？"

"嗯，和之前不太一样了。"

"你不觉得这很神奇吗？现实没有发生任何改变，问题丝毫没有得到解决，但你现在的心情变轻松了。这是怎么回事呢？"

"该怎么说呢？大叔，您听我讲话，我很开心，因为平时没人听我讲这些。"

"是呀，有这个原因。有人听自己讲话，自己会很开心。如果那个人对自己的话表示认可或者亲切地回应，自己会更开心。但只有这个原因吗？章鱼小弟，你能把这些事情说出来，就很开心吧？也就是说，在'被别人倾听'之前，你先体会到了'用语言来表达'的快乐，是不是？"

"用语言来表达的快乐？"

"对，我是这么认为的。对别人说出来，自己心里会痛快，就像在头脑中进行了一场大扫除，感觉很清爽。"

"未形成语言的泡泡"和语言水母

"在头脑中进行大扫除？"

"没错。你最好来看一看。"大叔说完，就拿起背上的手电筒，打开开关。

手电筒照向很远的前方，那儿漂浮着乳白色的球。因为离得太远，我看不清球到底有多大，也看不清轮廓。

"那个……是什么？"

"那是在我头脑中旋转的'未形成语言的想法'，我姑且称其为'未形成语言的泡泡'。"

"未形成语言的泡泡？那是泡泡？"

"嗯。从这里看过去是浑浊的一团，在近处能看出是很多泡泡的集合体。咱们上前看看吧。"

在大叔的招呼下，我向球的方向游去。球确实是由各种大小不一的泡泡集合而成的。正如大叔所言，泡泡在骨碌碌地旋转着。更令我吃惊的是，有很多水母在泡泡之间钻来钻去，不停地把泡泡运走。

"那些水母在做什么？"

"啊，他们可不是普通的水母，他们是语言水母。"

"语言水母？"

"是呀。不管我的头脑中还是你的头脑中，都有很多未形成语言的想法在旋转，那些都是未形成语言的泡泡。这些泡泡，也就是我们的想法，如果放任不管，就会越来越多，多到让我们的头脑变成一片浑浊的白色，什么也看不见。所以，就像你看到的，要让语言水母来处理这些泡泡。"

"请等一下，请等一下，我完全没听懂。"

旋转的想法？未形成语言的泡泡？整理想法的语言水母？大叔到底在说什么呢？

泡泡骨碌碌地旋转着，水母们不停地运送着泡泡，并不理会大脑一片混乱的我。

"章鱼小弟，你觉得困惑是正常的，因为没有人看过自己头脑里面的景象。不过，你的头脑里面也像现在这个场景一样广阔呢。"

"也有泡泡？也有水母？"

"没错。刚才，你不是对我讲了你的事情吗？"

"嗯。"

"在你讲的时候，你头脑中的语言水母也在不停地把泡泡运出来。于是，你的想法变成了语言。多亏这样，你的头脑从浑浊变得清晰。你之所以感到痛快，是因为你头脑中'骨碌碌转的想法'明朗了一些。"

宛如在看一场大型魔术，我惊得目瞪口呆。虽然大叔的话有一半我听不懂，但是我完全不觉得大叔在开玩笑或在骗我。事实上，我觉得我那些未形成语言的想法用"骨碌碌地旋转着"来描述真是太合适了。

"可是,如果您说的是真的,那些语言水母把泡泡运到哪里去了呢?"

"呃,你能不能背我一程?我们一起去追语言水母吧。"

"想"和"说"之间有距离

我背着大叔向前游去。语言水母们小心翼翼地抱着泡泡,排成一列向上方游去。终于,在很远的前方,闪现着微弱的光芒。语言水母们的目标似乎都是那束光。

"要运到那么远的地方啊?"

我背上的大叔接着我的话说:"是呀。'想'和'说'之间的距离,远得出人意料呢。"

"距离?想和说之间?"

"对呀。比如说:章鱼小弟班里有爱说话的同学吧?这样的同学上课时特别爱发言,到处施展口才,

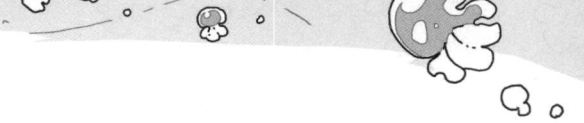

课间也爱讲好玩儿的笑话。"

"嗯,飞鱼就是这样的人。我想,能说个不停,一定很爽吧?"

"相对而言,章鱼小弟,你比较沉默寡言,是吧?"

"我不知道,是该说我沉默寡言呢,还是说我不擅长讲话呢?可能是因为我脑子转得慢吧。我嘴巴笨,就算被欺负,也不会还嘴。我越不还嘴,大家就越拿我当傻瓜。"

"章鱼小弟,不是这样的。不能很好地组织语言,并不是因为脑子转得慢。像飞鱼那样的同学,只是因为他们想和说之间的距离比较短而已。"

"啊?"

就在我和大叔聊着这些的时候,我游到了光芒附近。昏暗的墙壁上出现了一个洞口,耀眼的光线从那里射进来。语言水母们排着整齐的队伍,把泡泡们一一推到外面。

"就这样,语言

水母们把我的想法释放给外面的世界。于是，我就能把自己的想法说出来了。"

"那些泡泡变成语言出去了？"

"你可以把那个洞口想象成我的嘴巴。"

"嘴巴在这么远的地方？"

"是呀，我说出的话，都是通过这个洞口出去的。章鱼小弟，距离你的大脑中央很远的地方，也有一个和这个差不多的洞口，或许你的洞口比我的洞口位置更远吧。"

"那我……"

"虽然想和说的距离很远，但变成语言说出去只是比较花时间而已，绝不是因为脑子转得慢。"

我又向光线看去，只见语言水母们开始混乱地重新排队。"他们在干什么？"

"他们在考虑语言出去的顺序，也就是说话的顺序。在考虑这个问题的时候，语言有时候会'堵车'。不过，这也说明想认真说话。"

"语言会堵车？"

"像飞鱼那样的人，一想到什么就会嘀里嘟噜地说出来。与此相对，我和你这种类型，有时候语言会堵车。这两者无所谓好坏，只是性格或个性不同造成的。所以，不必在意自己讲话是不是流利。"

我确实常常不知道该说什么，该从何说起。原来是语言在出口附近发生了大堵车。怎么说呢？这种感觉就像很不情愿地在镜子里看到了不善言辞的自己。

"对了，你一直都在背着我，太辛苦了。我们回去吧。"

"对谁都不能说的话"该对谁说？

我背着寄居蟹大叔一边向下游，一边说："大叔，我刚才对您讲了我的心里话。像那样把心里话全说出来，我好像是头一次呢。为什么我能全说出来呢？我想，是因为您很有耐心，能好好倾听我说话吧？"

"有道理。然后呢？"

"可是，这样一来，不是让人有些绝望吗？因为其他人不会像您一样耐心地听我讲话呀。有很多同学和老师都觉得我又慢又笨，根本不听我讲话，结果我只能一直抱着那些骨碌碌转的想法。"

"哦，你是说这个呀。"大叔从我的背上爬下来，轻轻落到地面上，继续说道，"一个人说话的时候，确实得有人愿意听，他才能说下去。人们需要能倾听自己说话的朋友。有人愿意听自己讲话，是一件非常棒的事情。但遗憾的是，我们并不是总能遇到这样的倾听者。我也是呀，愿意倾听我讲话的亲朋好友并不多。"

"大叔，您也是吗？"

"当然啦。关于这一点，枪乌贼和飞鱼也是一样呢。即使对方是自己的好朋友，也很难做到无话不说。我想，就算是他们，也有'不能对别人说的话'。"

"大叔，那该怎么办呢？只要是对谁都不能说的话、和谁都不能商量的事，就不能形成语言吗？难道我们就只能抱着骨碌碌转的未形成语言的泡泡，忍耐下去吗？"

"不。"大叔摇摇头说，"找不到倾听者的话，并不是无人可说的话。这种时候，和自己说就好了。"

"和自己说？"

"对呀。比如说，章鱼小弟，你是在为学校里的事情苦恼吧？如果你察觉到自己这样时，那就轻轻对自己说：'你怎么了？可以的话，和我说说吧。'"

无数的语言水母跳入骨碌碌转的泡泡之间，把未形成语言的泡泡运走。我虽然不懂这其中的原理，但似乎明白了几分。现在，大叔肯定在深入思考这件不好理解的事情，并努力用语言表达出来吧。我有点儿害怕问下一个问题。

"呃……那怎么对自己说呢？"

"写出来。"大叔微笑着说,"写出来,就是在和自己对话。"

写出来,和自己对话

"和自己……对话?"

"章鱼小弟,你刚才不是向我讲了你的事情吗?这就是语言有意思的地方。其实,当时你一边在和我说话,一边也在和自己说话呢。"

"啊?这是怎么回事?"

"喏,向对方讲述某件事情的时候,同时自己也会意识到'哦,原来我是这么想的',是不是?你会注意到在诉诸语言之前自己没有觉察到的内心想法。"

"啊……!"

确实是这样。刚才在和大叔讲那些话的时候,我意识到我一开始就不喜欢海鳝和康吉鳗。我虽然不喜欢他们,但害怕落单,所以还是和他们在一起……

"或许有时候是这样吧。"

"在某种意义上,这也是和自己对话:**把自己的想法变成语言,听到说出来的话,自己就会明白'哦,原来我是这么想的'。这就是通过自己说的话来了解自己。**正因为如此,卓有成效的对话就像探险,非常有趣。"

"嗯……我好像有些懂了。"

"不过,和自己最深层次的对话,是写下来。"

"为什么?"

"你刚才看到语言水母们运走了很多泡泡,是吧?"

"嗯。"

"那当我们把自己的想法写下来的时候,你觉得语言水母们把那些泡泡运到哪里去了呢?"

"不是刚才的洞口吗?"

"不是,那是说话时的专用出口。"

"咦?那我就不知道了。这个房子的规则真是复杂,令人头晕眼花呢。"

"哈哈哈,也许是这样吧。那我们一起来寻找答案吧……我想,你一定会满意的。"

大叔又拿出手电筒，向别的方向照去。

"天哪！那是什么？"

手电筒照亮的地方，出现了高不见顶的书橱。它就像一面城墙，向着无尽的远方延伸而去。书橱中摆满了书，银白色的语言水母们正在不停地整理着那些书。

"大叔，这些都是您的书？您读过这么多书？"

"不不不，这些并不是真正的书。虽然看上去像书，但其实是我的'思想'。"

"您的思想？"

"是的，我把我的想法写了下来。这样一来，像泡泡一样形状不定的未形成语言的想法就变成了有形的思想，然后被语言水母收纳到书橱中。于是，我的思想就变成了书的样子。"

"啊？"

"写"和"说"有什么不一样？

"不不不，等一下，等一下。"

这个书橱中摆放着的是大叔的想法？大叔有过这么多想法？我再次抬头望向城墙般的书橱，感到一阵头晕目眩。

"大叔，不管是您刚才说的话，还是这个巨大的书橱，我都完全搞不懂呢。"

"这个嘛，我应该仔细说明一下。我从哪里开始说呢？"

"请您先好好介绍一下这个书橱吧。"

"好。你刚才和我一起追语言水母了，是吧？"

"对，还有那些从嘴里说出去的语言。"

"没错。我们在那儿看到的语言，只在那个场合存在，之后就消失不见了。想到什么，就用自己的嘴巴说出来，于是语言泡泡啪嗒一下裂开，消失了。这种语言，是以当场告诉别人为目的。"

"像泡泡一样消失了？"

"没错。现在你和我的对话,就是语言泡泡。语言在从嘴里说出去的那一刻就消失了,而且消失的泡泡不能再恢复原状。正因为这样,我们才能轻松地甚至随心所欲地说话,想到什么就说什么。也正因为如此,我们才能愉快地交谈好几个小时,却几乎记不住我们都说了些什么。毕竟,一切都像泡泡一样消失了。"

"是这样啊……我们确实聊了很多,觉得'好开心哪',却不记得都聊了些什么呢。"

"另一方面,书写好几个小时和交谈好几个小时完全不一样。不管多么擅长写作的人,连续写上好几个小时都会感到疲劳。这是因为写出来的语言不是泡泡。"

"为什么不是泡泡就会感到疲劳呢?"

"这正是'想'和'思考'的不同之处。我来给你举个具体的例子吧,或许有助于你更好地理解。"

大叔说到这里,突然换成一种奇怪的声音,讲了起来。

昨天，在便利店，哦，妈妈让我去买东西，所以晚上我去了便利店。我一来到便利店——啊，对了，上次那家伙不是说有可乐吗？还是海莴苣口味的可乐。我找来找去，啊，不对，我得先找垃圾袋。我去找妈妈让我买的垃圾袋。要是只买了垃圾袋就回家，那可太傻了。我看了看零食，去饮料专柜那边转了转。手机响了，我一看，是课外班打来的电话。哦，上周的考试，我缺考了。完了，我心想，我可不想补考。可是，没办法，我只好接起电话，原来是我把字典忘在课外班了。可饶了我吧，吓死我了。

"这些就是常见的泡泡语言。"

"嗯嗯，飞鱼就是这样说话的。"

"完全不在意说话的顺序，想到哪儿就说到哪儿，随时改正或补充,这种说话方式非常自由。因为是面对面地说话,所以这样的说话方式完全行得通,甚至让人觉得很带劲、很好玩儿。但如果把刚才的话原原本本地写下来,就很不好读。"

"嗯,乱七八糟的。"

"如果要写下来,就要把语言再理顺一下。也就是说,需要一边思考一边写,就像这个样子。"

昨天,我去了便利店,因为妈妈让我去买垃圾袋。我找到妈妈让我买的那种垃圾袋后,忍不住想给自己买点儿东西。除了夜宵,我还想起了朋友对我讲过的海莴苣口味的可乐。我在零食区和饮品区转悠的时候,手机突然响了。我拿出手机一看,是课外班打来的。我战战兢兢地接起电话,原来是我把字典忘在了那里,让我去取。我一下子松了口气。上周课外班有考试,我故意没去,我还以为是让我去补考呢。

"它确实和刚才的泡泡语言完全不一样,让人感觉很有条理。"

"<u>写的时候,需要思考当时自己处于怎样的状况,发生了什么事情,当时自己是怎么想的。</u>只有努力思考,才能写出这样的文章。"

"这和想到哪儿说到哪儿很不一样呢。"

"是呀。不经过思考的语言,想说多少就能说多少。但是,不经过思考的写作是不存在的。"

"您是说不思考就写不出来吗?"

"嗯。章鱼小弟,你觉得写作很麻烦吧?"

"是呀,很麻烦。"

"为什么你会觉得麻烦呢?"

"拿起笔,亲自一点一点写到笔记本上,难道不是超级麻烦的事吗?"

"你说的不对。写作的时候,让我们觉得麻烦的不是动手,而是动脑。要想写出来,就必须认真思考,要下功夫去思考,因为写作就是思考。"

"写作就是思考?"

"是的。也可以说,思考就是写作。"

思考，就是试图找到"答案"

"您说得也太夸张了吧？人们有时候不是可以既不说也不写，只是默默思考吗？对呀，说到思考，一般不都是指默默思考吗？"

"这或许关系到如何定义思考这个词。比如，思考某件事情，想某件事情，你认为它们有什么不一样呢？"

"嗯？思考和想的不同……我也不清楚，或许思考更有智慧吧，听上去更有难度。"

"那回过头想想你自己吧。你平时什么时候觉得自己在思考呢？"

"呃，我没想过这件事呢……是考试的时候吗？嗯，解数学难题的时候，我确实在思考。"

"对！这个答案很棒！我觉得，你刚才的话完全体现了思考的内涵。"

"您是指……？"

"就像你刚才说的，我认为思考和想的不同之处，就在于思考是'试图找到答案'。"

"试图找到答案？"

"对。说到数学，我们在解题的时候会努力思考。光靠想是解不出数学题的，对吧？"

"嗯。"

"这一点并不限于考试。无论学校的事情、朋友的事情、家里的事情、未来的事情，所有的思考都是为了找到答案。而且，不管什么问题，只要认真思考，总有一天会找到答案。当然，和解数学题一样，有时候会找不到解题思路，有时候可能会得到错误的答案。但只要有思考的能力，就能得出属于自己的答案。"

"要这么说的话，我也一直在思考。不管学校里的事情还是毕业志愿，我都一直在好好思考。可是，我根本不知道答案哪。大叔，难道是我根本没进行思考吗？"

"关于这个问题，你刚才的话说到点子上了——解数学题的时候，你会进行思考。那具体来说说看，你是怎么通过思考得出答案的呢？"

"解数学题时？"

"比如 16×21×43 这道题，题目本身是一道普通的乘法运算，但是很难默算出答案，对吧？"

"嗯，很难。"

"但如果用笔算，也就是一边写一边算，应该很容易算出来吧？"

"可能吧。"

"实际上，思考数学题之外的问题也是一样的。假如你和朋友吵架了，你在为怎么跟朋友和好而苦恼。如果只是双手抱在胸前一动不动地想，就好比用默算来解很难的数学题，脑子里会一片混乱，怎么也找不到答案。这时候，不要光想，而要把自己的想法一一写到纸上，就像笔算一样。"

"像笔算一样……把想法写下来？有什么特别的写法吗？"

"没有特别的写法，正常写就行。我们用笔写算式的时候，也是在完全不知道答案的情况下就开始写，是吧？同样地，先写起来，边写边思考。只要这样做，总有一天会找到属于自己的答案。"

"为什么？文字和算式可不一样。"

"章鱼小弟，请想一想你的铅笔盒里都有什么吧。

那里的物品会给你提示。"

我们都有"橡皮"

"我铅笔盒里的物品？"

"你的铅笔盒里都有什么？"

我想了一下自己的铅笔盒，里面有铅笔、圆珠笔、荧光笔、橡皮、尺子等，但应该和这些没什么关系吧。

"没什么特别的物品哪,不过是铅笔、圆珠笔、橡皮……"

"就是这个。"

"啊?"

"写和说最大的不同,就在于有没有橡皮。"

"橡皮?"

"没错。和说话不同,我们在写作时有'橡皮'可以用,也就是能一遍遍修改。在这一点上,用电脑写和用铅笔写是一样的。往对话框里输入的信息,在发出去之前,也能一遍遍修改,是吧?"

"话虽这么说……但它到底哪里重要呢?"

"我们说话的时候没有'橡皮'能用,所以一不小心就会出错,也就是'口不择言'这种情况。章鱼小弟,你有过这种经历吧?虽然没打算那么说,却忍不住说出了某句话。"

我默不作声,心底里有个声音在说"有"。去年春天,我在学校里受了欺负,回到家后,闷在房间里不出来。妈妈跑进来，一个劲儿地问："怎么了？""学校里发生什么事情了？""需要妈妈去和老师谈谈吗？"……我烦透了，忍不住吼了出来："如果爸爸妈妈不是章鱼就好了！"最后，妈妈红着眼睛默默地走出房间。一想到那一幕，我就心痛得不得了。

"话一旦说出口，就无法收回，这就是说话最可怕也最难的地方。而且当自己知道脱口而出的话伤到了别人，会无法原谅自己。"

"是的。"

"不过，把话写出来的时候就不用担心这一点了。因为我们有橡皮嘛。先不给别人看，一遍遍地写，直到自己满意为止。写和说完全不一样吧？"

"嗯，是不一样。"

"写写擦擦，擦擦写写。'我是想表达这个意思吗？''不，应该还有别的写法吧。'就这样边写边改，好像在和自己对话。"

"边写边改？"

"光写出来，还不能明白自己的想法。写出来，读一读，要是觉得'不是这样'，就用橡皮擦掉，重新写。在反复修改的过程中，我们会越来越接近答案。这和解数学题一样。"

"可是数学题有正确答案,比如 2×2 就等于 4。但是像人际关系、毕业后的选择这样的烦恼,并没有正确答案哪。"

"这些问题确实不像数学题一样有固定的正确答案。就像今天你没有去上学这件事,是正确的还是错误的,谁也不知道。"

"是呀,我根本不明白。"

"不过,所有写下来的文字都是当时的答案,代表着'此刻的我是这么想的',也许以后会用橡皮擦掉,再重新写。但是,对于此刻的我来说,这就是答案,不再更改……章鱼小弟,试着去写吧,一直写到自己觉得找到了当时的答案。这会让你看到下一扇门。"

沿着长长的心灵阶梯向前走

"下一扇门?"

大叔和一只语言水母耳语了几句,点点头。

"没错。坚持写下去,就能打开下一扇门。我们一起去看看吧。"

那只语言水母在我的头顶上方开心地转来转去,他正是把我带进这所房子的水母。下一扇门是什么?它在哪里?我完全没有理由拒绝大叔的邀请。

在那只语言水母的带领下,我和大叔一起向前走去。我并不打算问"要去哪儿",反正问也问不明白。于是,我决定问一问大叔他自己的事情。

"对了,大叔,您住在公园里吗?"

"我算不算住在这儿呢?怎么说呢?我在哪儿,哪儿就是我的家。"

"因为您是寄居蟹吗?"

"或许是吧。我正在周游世界,三个月之前来到这个城市。为了不打扰大家,我在公园的角落里生活。不久之后，我会继续旅行。"

"哦。那大叔您是做什么工作的呢？"

"啊！"大叔突然大叫一声，提醒着，"现在要下台阶了，小心！"

我仔细一看，脚下的路突然变成了台阶，向下延伸而去，前方一片黑暗，完全看不清它通向哪里。语言水母的身体颤动着，发出更亮的光芒。要是没有语言水母的光亮，大叔可能会踩空。在语言水母的照耀下，大叔慢慢地向前走去，我在旁边轻飘飘地游着。我现在在哪里？我要去哪里？我完全不知道。

"好啦，我们到了。"

走下长长的台阶后，一扇大大的门出现在眼前。

"这……就是下一扇门？"

"是的。我们一起打开门，看看吧。"

大叔伸手去推门。我看到他的手上有什么东西在闪闪发光。

第二章 在自己"迷宫"

独有的中探险

那类文章中有没有假话？

推开门后，里面是和刚才一样的无边无际的黑暗。

不，应该说更黑了，越发难以看清四周。清凉的海浪涌过我的全身。从这儿能安全回去吗？我心里有些没底。

"大叔，这里是地下室吗？怎么没有灯呢？"

"嗯，把这儿叫作地下室也行。眼睛会很快适应的。"

"这是放什么东西的房间？仓库？也摆着书橱？"

"你看那儿。"

顺着寄居蟹大叔指的方向，我看到从天花板上垂下来一束细细的光。

"那是什么？"

大叔既不回头，也不回答我的问题，继续向前走着。我定睛细看，那束光落在一张小巧的桌子上。

"你先游过去看看吧。"大叔催促了我一声，继续慢悠悠地走着。

我向桌子的方向游去。从高高的天花板上落下的那束光,像聚光灯一样打在桌子上。桌子上放着一本摊开的旧笔记本。

"这张书桌不错吧?"

我身后传来大叔的声音。他手中拿着一支闪闪发光的钢笔。钢笔上镶嵌着珍珠,看上去非常古老。

"我每天都在这里写。"

"写?写什么?"

"日记呀。差不多从上高中开始,我就一直在写。这已经是……第几本了呢?桌上这本是最近的日记。当然,这不是我必须完成的功课,也不是我的工作,所以我也有不写的时候。"

"哦。"

盯着别人的日记看不太好吧,想到这里,我从笔记本上移开了视线。说实话,我对大叔的日记并没有多大兴趣。有些跟大叔差不多年龄的大人,会经常写日记。可能是因为他们年少的时候没有手机,大概只有这些事情可做吧。我觉得就是这么回事。

"大叔,您是真喜欢写呀!"

"不不不,并不是这样。我像你这么大时,一点儿都不喜欢写。"

"啊?真的吗?"

"是呀。日记、作文、读后感,都让我头疼得不得了。写什么都觉得没有意思,实在是烦透了。"

"那您为什么会变得喜欢写了呢?一定是因为喜欢,才会每天都写吧?"

"嗯,有好几个转变的契机。<u>我觉得最大的契机应该是'不被表扬也没关系'</u>。"

"不被表扬也没关系?"

"嗯。当年在学校里写作文和读后感的时候,我是为了得到老师的表扬而去写的。那时候,我想写的是能得到大人表扬的作文。"

"那有什么不好吗?"

"章鱼小弟,你也是为了得到老师的表扬而写吗?"

"是呀。因为老师会批阅大家的作文,有的作文会被老师表扬,有的就不会。为了得到表扬而写,不是理所当然的吗?"

"嗯,我也曾这么想过。可是,这样做真的对吗?说实话,我当年为了得到老师的表扬而写的作文,里面夹杂着很多小小的谎言:我扮演着听话的'好孩子',装出一副优等生的样子,罗列着无中生有的'好事'……"

"写作文不就是这么回事吗?"

"章鱼小弟,你是说去讨好大人?"

我想起了我写过的作文和读后感。那些文章的结尾部分都是我并没有真正下过的决心："我想和同学们一起努力！""今后我要努力做好垃圾分类！"……严格地说，那些都可以算作谎言。但如果不这样写，我觉得老师会生气。对，我的情况是，比起想被表扬，更在意的是"不想让对方生气"。

"章鱼小弟，<u>不能写出自己真正的感受，没有比这更难过的事情吧，你觉得呢？</u>毕竟，你写出来的文章是你自己的呀！"

"可是，如果写了'奇怪的内容'，老师会生气。"

"你真的写过奇怪的内容吗？写了那样的内容，有谁生过气吗？"

"啊？"

"哈哈哈，奇怪的内容比你想象的要难写呢。尤其你的情况是，在周围的人喊停之前，你自己已经踩下了刹车，对吧？你自己减少了选择项，剥夺了自己的自由。"

"因为我想得到表扬或者不想让对方生气？"

"没错。你认为，不能写奇怪的内容，必须写好事。为了避免写出奇怪的内容，你认为必须对词语有所选择，是吧？"

"嗯。"

"可是，这样的想法剥夺了你思考的机会。因为过于在意选择词语，就会抹杀自己的感受。"

"什么意思？"

"我上中学的时候也是这样。为了得到大人的表扬，我在作文中写了很多假话、套话。现在想起来，那样的文章写和没写一样。"

不知道什么时候，钢笔离开大叔的手，在摊开的笔记本上灵巧地跳起舞来。不，它不只是跳舞，就像有意识一样自动写起了文字。它到底在写什么呢？

"嗨，章鱼小弟。"

听到大叔叫我的名字，我抬起头来。

"一起来写奇怪的内容吧。写出你心中沉睡的、精彩的、奇怪的内容吧。"

文章为什么会背离本心？

"我心中奇怪的内容？"

"对，就是和其他人不同的、只有自己才能写出来的内容。既然要写，那就写只有自己才能写出来的文章，这样更有意思。"

虽然寄居蟹大叔的话听上去充满了魅力，但我想了想，说："不，我做不到这一点。"

"为什么？"

"因为我很不擅长写文章。我不仅嘴笨，写文章更不行。"

"原来是这样啊。章鱼小弟，你觉得哪种类型的文章是自己不擅长的？"

"所有类型的文章都是呀。对我来说，写作文很难，写读后感也很难。小学时老师布置的暑假日记，我也写得糟透了。"

"那肯定是这种感觉吧。比如说：你读了一本书，要写读后感。那本书让你很感动，主人公的经历让你

感同身受。你激动得书都有些拿不稳了。可实际写出来的文章却和自己想的完全不一样,越写越偏离自己的感受。写到最后,发现读书时感动的心情,连一半也没写出来。"

"没错!就是这样!完全是这样!"

大叔说得太好了,说到我心坎上了。

不管是作文还是读后感,我总感觉和它们隔着一道深深的鸿沟。在"自己的感受"和"实际写出来的文章"之间,我觉得有难以跨越的距离。真正的自己不是这样的,自己想写的不是这些。但一旦提笔去写,我真正想说的话、我心里真正的想法,却完全写不出来。落在纸上的,只有乏善可陈的

"我很感动!""真有意思!"这种话。

"你觉得为什么会变成这样呢?"

"因为我不擅长写文章啊,我没有写作才能嘛。说实话,我的语文成绩很差。"

"我的答案和你的不太一样。这和才能没有关系。章鱼小弟,肯定是因为你给答案给得太早了。"

"给答案给得太早了?"

"没错。也许是因为性子急,也许是因为嫌麻烦,你给答案给得太早了,也就是太急于形成语言了。你想想看,如果急于得出答案,简单的加法运算也可能会出计算错误,是吧?同样地,语言也会出现'计算错误'。只要沉住气,本来是可以得出正确答案的。但因为着急,越写越偏离自己的感受。我想,就是这么回事。"

语言也会出现计算错误?大叔的有些话,我不太懂。

"因为太急于形成语言,所以出现了计算错误?"

大叔把双手一摊,笑着说:"好吧,我们用买东西来说明。来,请看这个画面。"

太急于形成语言

"哇,那是什么?!"

是投影仪吗?不知从多远的地方射来一束光,映照出很多零食的图片。刚才一片漆黑的地方突然变得明亮多彩起来。

"好棒啊。这是便利店的零食柜吗?"

"嗯。章鱼小弟,现在让你从里面选一种零食,你会选哪个?不用考虑价格,但是只能选一种。"

"选哪个都行吗?"

"是的,你好好思考一下吧。"

我大体看了一下,指着原味的海带脆说:"这个。"

"哦。你为什么选这种零食呢？"

"嗯……因为喜欢，我经常吃它。"

"哦，原来如此。"大叔又看了看零食柜，说，"章鱼小弟，那个大柜子里有四十多种零食，既有虾片、米果等膨化食品，也有巧克力、饼干，还有硬糖、软糖。你大概没有把所有的零食都看完，而是大体一看就选了常吃的海带脆，是不是？反正你不讨厌这种零食，还能用它垫垫肚子。"

"嗯，差不多是这么回事吧。"

"那能称为真正'选择'过吗？能称为真正'思考'过吗？"

"虽然称不上思考，但我喜欢这种海带脆呀。"

"我们先不讨论喜不喜欢的问题，我想知道的是，你有没有认真选择过？"

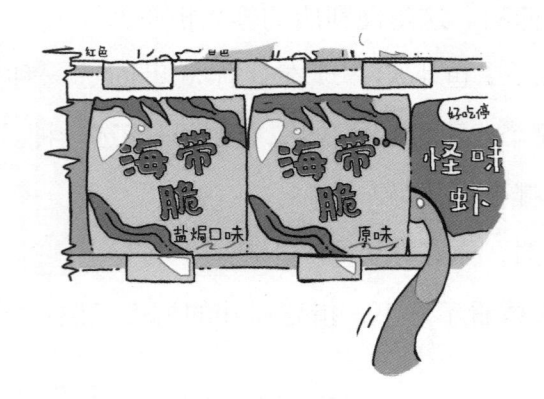

"啊?这么说的话,我好像并没有特别认真地选择,而是大体看了一下就定了。"

"那我们回到读后感的话题吧。写读后感的时候,你并没有特别认真地思考,而是选择了常用的词语和常见的词语,是不是?"

"啊?"

"比如说,你读过《游吧!梅洛斯》*吗?"

"我在语文书上读过。为了救代替自己而当人质的朋友,梅洛斯不分昼夜拼命地游……我很感动。"

"好。那就假设你在《游吧!梅洛斯》的读后感中写道:'我很感动。'这句话并没有错,你也没有撒谎,因为你确实很感动。"

"嗯。"

"不过,你在读《游吧!梅洛斯》时,真的只有'我很感动'这样的想法吗?准确地说,'感动'这个词很少出现吧?"

"这是怎么回事呢?"

"比如,你会有这些感受……"

---

* 源自日本作家太宰治的短篇小说《奔跑吧!梅洛斯》。

①看到暴君的行为，很生气。

②看到梅洛斯让好朋友当人质，很吃惊。

③看到两个人的真挚友情，不觉心头一热。

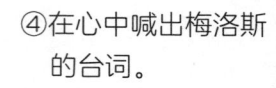

④在心中喊出梅洛斯的台词。

⑤看到灾难从天而降，心如刀割。

⑥想到剩下的时间不多了，心急如焚。

⑦觉得自己在和梅洛斯一起拼命往前游。

⑧游得精疲力尽。

⑨看到梅洛斯终于在朋友被处决前赶回来了，为他高兴。

⑩看到梅洛斯和朋友相拥在一起，不由得流下了眼泪。

"像前两页所表示的,你的感受不是'感动'这一个词就能概括的,而是包含了很多种情感,是吧?"

"嗯。"

"可是一到写读后感的时候,却只会写'我很感动''真令人吃惊''真有趣'这些很常见的、一下子就能想到的、用在哪里都很方便的话。写的过程中,完全用不到'橡皮'。"

"……"我沉默不语。

"这和没有经过认真思考就从零食柜中选出常吃的海带脆是一样的情况,对吧?"

"嗯……可能有点儿像。"

"章鱼小弟,我并不是在责备你。但是如果多花一些时间,再认真思考一下,应该能找到其他的词语吧?找到和自己的感受完全吻合的词语。"

"能找到……吗?"

"当然能啦。章鱼小弟,你并不是不擅长写文章,只是写的时候太急于形成文字了。<u>你忍受不了选择词语的麻烦,就急忙地选择了方便省事的话。于是写着写着,文章就偏离了真正的感受。</u>就是这么回事。"

话音刚落,零食柜的影像突然就消失了。

为什么会出现"语言暴力"?

"大叔,说实话,我并不想变成作文高手,我也没有在竞赛中拿奖的想法。您的话我懂,但这和我没什么关系吧?"

"当然,我并没有让你变成作文高手的想法。但是,如果太急于形成语言,往往会引发纠纷。关于这一点,不仅写文章时是这样,日常生活中的很多场合都是这样。"

"纠纷?什么样的纠纷?"

"嗯,比如,你知道'语言暴力'吧?"

"语言暴力?"

"对。就是那种完全否定对方的存在、尊严、自尊,如同剜对方的心一样的语言。遭受语言暴力的时候,我们心灵受到的伤害比挨打还要严重。因为挨打的疼痛几天后会消失,但语言暴力造成的伤害可能会持续一辈子。"

"嗯……"我陷入沉思。

上初中后，我受到过很多次语言伤害。像"傻瓜""笨蛋"这样的话，我虽然不喜欢，但还不至于很受伤。可是，"煮熟的章鱼小子""恶心"这种话让我讨厌极了。飞鱼他们动不动就冲我说"恶心""煮熟的章鱼小子"这些最能伤害我的话。

"遗憾的是，大人也会使用语言暴力。他们虽然没有动手打人，但以语言为利刃来刺伤人。为什么会出现语言暴力呢？大致有两个原因。"

"什么原因？"

"**第一个原因是说话者知道语言的作用。**大家都有被语言伤害过的经历，是吧？人们知道，如果说这样的话，就会起到这样的作用；如果使用那样的语言，就能让对方一下子一声不吭。所以，人们会大声吼出

那些也曾伤害过自己的话。"

"嗯。"

"那为什么要吼出那样的话，让对方一声不吭呢？这就是第二个原因——怕麻烦。"

"怕麻烦？"

"是的。语言暴力基本都出现在对话中。吵架也是对话的一种。如果想好好对话，就得认真解释自己的想法，让对方接受。"

"嗯，我想是这样的。"

"可是，认真解释自己的想法很麻烦，按照逻辑进行说明也很麻烦，如果被反驳了，那就更麻烦了。用语言来表达自己的想法，本身就很花费时间和精力，是一件麻烦事。被各种各样的麻烦缠住的时候，'暴力'这种简单粗暴的方法就容易冒出来。因为只要诉诸暴力，就可能让对方屈服。"

"您是说突然把对方揍一顿？"

"我小时候，揍孩子的大人有很多，不过现在主要是语言暴力。不管肢体暴力还是语言暴力，大声怒吼可能让对方一声不吭。对施暴者来说，这是'性价比高'的做法——虽然这样做很过分。"

"性价比高？"

"就是节省了用语言进行说明所花费的成本。而且，就算是对自己不利的形势，大声怒吼也能起到虚张声势的作用。"

"什么嘛！"

"确实很过分。尤其从承受暴力的一方来看，简直太过分了。不过，就算是章鱼小弟，你有时候也可能变成施暴者呢，会因为怕麻烦而选择性价比高的那条路。喏，我们刚才不是说过口不择言的情况吗？"

"是的。"

我又想起了我对妈妈说过的话，那并不只是口不择言。当时的我觉得一切都很麻烦，对无法将感受诉诸语言的自己感到恼火，所以说出了那样的话。我想以此来结束当时的话题。

"所以，我开始写日记。不去考虑花费多少时间和精力，只是认认真真、不紧不慢地选择词语，一次次发挥橡皮的作用，踏踏实实地和自己对话。在这个过程中，我渐渐变得能用语言来表达自己，也渐渐开始了解自己。"

"了解自己是怎么回事呢？"

"这是我们活着的最大的谜。在临终那一刻到来之前，这个谜一直围绕在我们身边。这个谜就是自己。自己是怎样的人？自己的内心深处在想什么、期待什么？自己未来想做什么？等等。当然，也有不直面这些问题的活法——让自己被日常生活裹挟，被学业裹挟，被工作裹挟，这样也可以过完一生。但是，**我想了解自己。通过写日记，我感到对真正的自己有了些许了解。**"

说着，大叔把视线落到了笔记本上。那支钢笔像被施了魔法一般流畅地书写着。

"我也写过日记，可是一点儿都不好玩儿，我对自己还是一点儿都不了解。"

听完我的反驳，大叔微笑着说："那你写的一定不是日记。"

不但要写发生的事情，而且要写"思考的事情"

"我写的不是日记？！大叔，您又没读过，凭什么这么说呢？"

"因为你说写日记不好玩儿啊。为什么会这样呢？"

"因为我不知道该写什么呀。要是每天都写日记的话，那还不如写作文来得轻松呢。"

"你说'轻松'，是指作文容易写吗？"

"嗯。写作文的时候，每次都有像'记一次运动会''记一次郊游'这种现成的题目。和作文相比，我完全不知道日记应该写些什么，结果每天的日记都是几乎一样的内容。"

"那是为什么呢？"

"要是那天去了商场、游乐场，或者去参加了什么活动还好，但又不是每天都会出去。放假的时候，今天和昨天过得几乎一样啊。"

"我明白了。那我来说我的答案吧……日记呢，并不是只记录每天发生的事情。也就是说，不但要写'那天发生了什么'，而且要写'那天自己想了什么''那天自己思考了什么'。从这样的角度去看，自己每一天都过得不一样。"

"那天自己想了什么？"

"没错。章鱼小弟，你每天都在想什么或思考什么吧？"

"啊？没有哇。我倒是常常发呆。"

"你刚才是从零食柜中选了海带脆吧？"

"嗯。"

"那假设你今天在家里吃过海带脆，这时候你会想些什么？"

"我会想海带脆很好吃。"

"还有吗？"

"呃，吃了海带脆，嗓子会很渴，手脏了很麻烦。"

"为什么说手脏了很麻烦？"

"因为会把手机、漫画书、游戏机手柄弄脏。"

"你想让这些物品保持干净，是吧？"

"嗯，我很讨厌手机屏幕脏了或裂了。"

"房间乱呢？"

"那没事，我不在乎。"

"那你为什么很在意手机屏幕呢？这和房间乱有什么不一样吗？"

"因为房间就只是房间嘛，又不是我本人。手机就在我身边，或者说感觉它像我的一部分……手机脏了，就像我的脸脏了一样。"

"哦，有道理。这是很有意思的想法呀。那除了手机，还有让你这么想的物品吗？让你觉得像自己的脸一样的物品。"

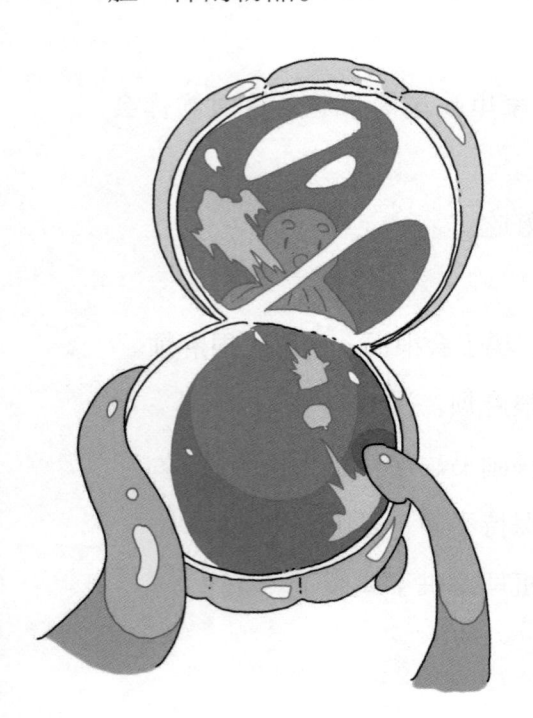

"呃，手机之外的物品……就像房间里的镜子，还有书包，它们要是脏了，我也很不得劲。"

"你觉得书包也是你的一部分吗？"

"不，它不是我的一部分，更像伙伴，嗯，就像一直陪着我的伙伴。"

"哪一点像伙伴呢？"

"书包上挂着我喜欢的钥匙链，书包里装着我要用的东西。要是丢了书包，我都不知道会怎么样呢。"

"你看，就像'我吃了海带脆'这样一件小事，如果不停地追问自己，思考就会越来越深入，是吧？写日记的时候，只要这样写，每天都会写出很不一样的内容，是吧？"

的确是。在我回答寄居蟹大叔提问的过程中，我们的对话向着我意想不到的方向发展。这和我小学暑假时写的日记完全不一样。要是能这么写的话，应该很好玩儿吧……可是，我做不到。我自己一个人的时候，没法儿这样写呀。

"每天都写吗？我觉得我做不到。"

"为什么？"

"大叔，因为现在有您的帮助，所以对话能不断地进行下去。要是只有我一个人，我可想不到这些，而且一个人写也很无聊。"

"呵呵呵，章鱼小弟，完全不是这么回事。"寄居蟹大叔长舒了口气，轻声说，"我们聊过孤独这个话题，你还记得吗？"

和大家在一起，无法做自己

"嗯。您说孤独分为两种。"

"有孩子的孤独，还有大人的孤独。当时我还说过，你可能开始了解大人的孤独了。"

"那是怎么回事呢？"

"首先，孩子感到的孤独，用一句话来说明，就是'周围一个人也没有'的孤独。"

"周围一个人也没有？"

"对。比如一个人在家的时候，爸爸不在，妈妈也不在，孩子感到很孤独。在游乐园或商场里迷路的时候，孩子也会感到孤独，还会感到害怕，心里没底，很想哭。当然，就算

是大人，也会因为孤零零一个人而感到孤独。从某种意义上说，孤独是一种自然而然的情感状态。"

我小时候自己一个人在家时，确实会觉得心里很不踏实。就算看电视、玩游戏，也觉得背后冷飕飕的，心里很害怕。只要爸爸妈妈回来，我就高兴得不得了。

"与此相对，成为大人后，会体会到另一种孤独。虽然不是孤零零一个人，但很孤独。"

"不是一个人，却感到孤独？"

"嗯。虽然和家人、朋友在一起，但很孤独。和别人在一起说话时，也会感到孤独。有朋友，有家人，脸上有笑容，过得很开心，但依然会感到孤独。"

"有朋友为什么会感到孤独？"

"因为那儿没有自己。"

"啊？"

"你刚才看到坐在广场长椅上的大人了，是吧？"

"嗯……"

"他们都想一个人待着，于是来到了这座公园。"

"他们在公司里被欺负了？"

"那我不清楚。我知道的是，他们之所以想一个人待着，是因为和大家在一起时无法做自己。不管在公司（对你来说是学校）还是在家里，如果一直和大家在一起，就无法做原原本本的自己。"

"为什么？"

"这一点嘛，章鱼小弟，你想想以往的经历就明白啦。比如，在学校里的章鱼小弟，和爸爸妈妈在一起时的章鱼小弟，独自待在自己房间里的章鱼小弟，虽然是同一个人，但好像是不同的自己，是不是？"

我想起了在教室里战战兢兢的自己，在妈妈面前烦躁不安的自己，在自己房间里把腿

搁到桌子上的自己。

"随着年龄的增长，我们在生活中使用的面具越来越多。我们并不是在演戏，只是事实就是这样。"

"那些长椅上的大人也是这样吗？"

"是呀。在公司里的自己，和客户在一起时的自己，作为家长的自己，作为丈夫（或者妻子）的自己……总之，有各种各样的自己。所以，有时候他们会来公园，在无人认识自己的地方享受独处的时间，回归原原本本的自己，做完全不用在意别人目光的自己。章鱼小弟，你来到这个公园，也一定是出于同样的原因吧？"

我不知道自己是不是想一个人待着。不过，当我独自望着公园广场的时候，确实觉得心情很轻松。在无人注视的角落，我也有过想把一切都忘记的瞬间。

"那我也常常来这个公园，一个人待着不就行了吗？"

"当然可以，这可能会起到转换心情的作用。但我是通过'写'来实现一个人待着的。"

"写？"

"对呀,只要打开笔记本,那儿就有一个自己独有的世界在等着自己。"

"'自己独有的世界'是什么意思?不就是一本普通的日记吗?"

"我们来揭开这个房间的秘密吧,来看看这儿是哪里,那扇门是怎么回事。"

在自己的"迷宫"中探险

话音刚落,寄居蟹大叔便拿起钢笔和笔记本——刚才那支用惊人的速度自动书写的钢笔和大叔说是日记的笔记本。

"章鱼小弟,看好了,只有一次机会,睁大眼睛仔细看。"

大叔就像一个要展示拿手绝活儿的魔术师一样,盯着我的脸庞。

紧接着——

啪！

大叔用双手合上了笔记本。

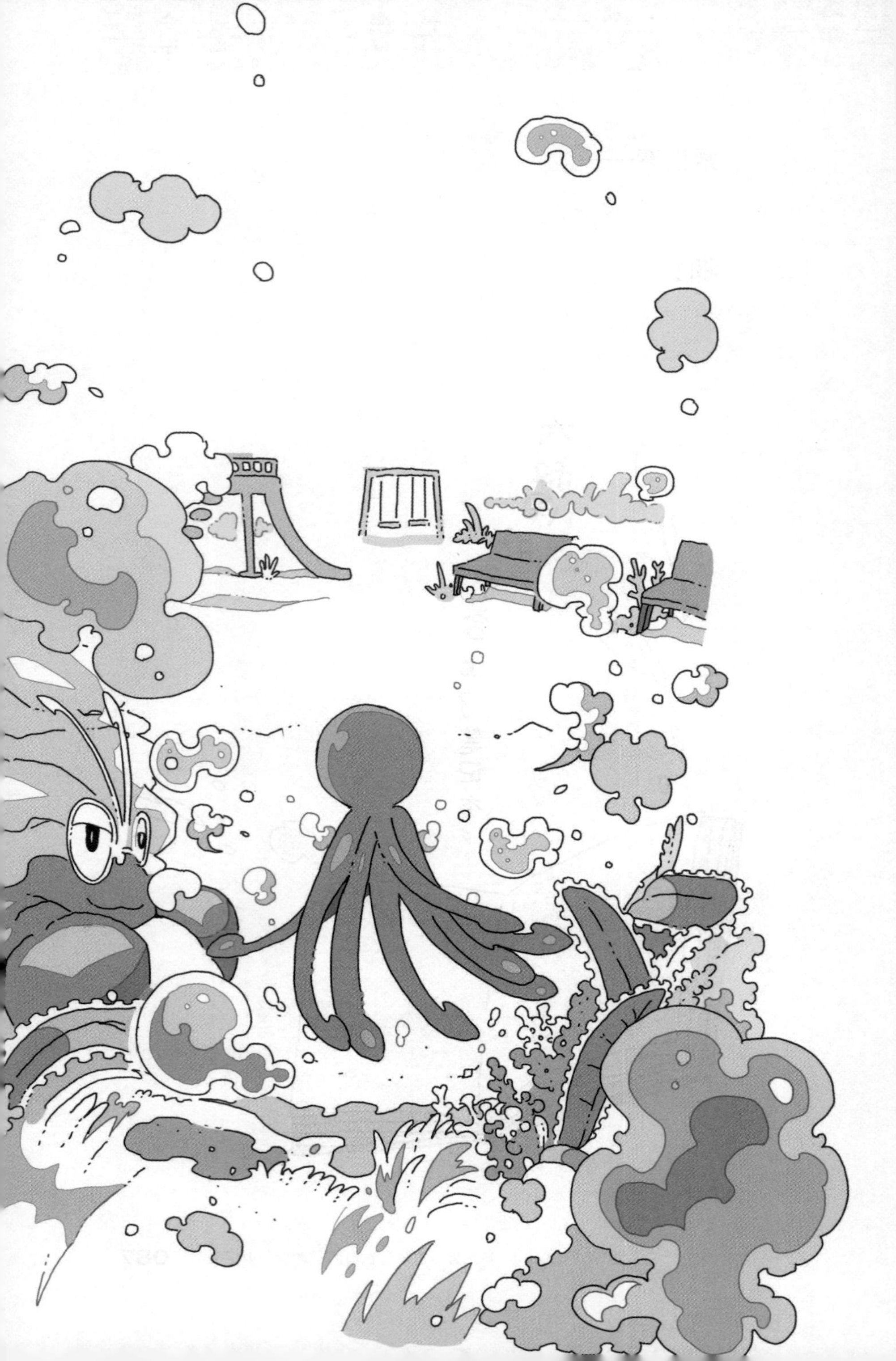

"啊？"

周围突然变得一片明亮。我身旁站着背着壳的寄居蟹大叔，他露出了一个调皮的笑容。

"咦？咦？啊？"

这是怎么回事？我和大叔此刻竟然在公园里。我们从大叔那黑漆漆的地下室一下子来到了公园茂密的海藻林旁边。

"啊？！这、这是……怎么回事？发生了什么？"

"哈哈哈，我们刚才打开的门，就是这个。"大叔举着那个旧笔记本说，"我说过，对每个人来说，最大的谜是自己。为了解开自己这个谜，我们打开了日记之门——用一只手拿笔来打开这扇门。也就是说，笔相当于打开秘密之门的钥匙。"

"日记之门？大叔，您在说什么呀？"

"章鱼小弟，我和你一起进入的地下室，是我头脑中那座广阔的心灵迷宫。"

"心灵迷宫？！"

"没错。我们每个人的内心都像迷宫一样复杂，里面有很多谜。我们需要解开那些谜。不过，只有我自己懂得如何穿越我的心灵迷宫。章鱼小弟，<u>只有你</u>"

自己懂得如何穿越你的心灵迷宫。"

"啊？请等一下，您指的是什么？"

"写日记，就是在自己的心灵迷宫中探索。迷宫每天都在变化，这样的探索永无止境。不过，只要在迷宫中前进，就能一点点解开谜团，就能渐渐明白自己是怎样的人。今天写下一篇日记，就在迷宫中通了一关；明天再写下一篇日记，就又通了一关。就这样，渐渐探索自己的内心深处。怎么样？你不觉得这很有趣吗？"

"啊？那我刚才是在您的日记里吗？"

"是的。我刚才让你待在一旁，我写了自己的日记，我们的意识保持相连。所以，我们并不是从真正的阶梯上走下来，我们一起打开的那扇门正是这本日记的封面。"

我的脑子一片混乱，完全不明白大叔在说什么。

"章鱼小弟，你不想写日记也没关系，不记录每天的生活也没关系。不过，手持秘密日记本，每晚在自己的心灵迷宫中探险，是很有意思的事情呢——既能解开自己的谜团，也一定会变得喜欢自己。"

"喜欢自己？！"

"是呀,关于这一点,下次我再慢慢说吧。因为某些原因,我不能在这里待太长时间。"

大叔身边的语言水母骨碌碌地游动起来，看上去仿佛在提醒大叔什么，好像催他快点儿回去。

"我就在这个公园的某个地方，你随时来玩吧。今天和你聊了这么多，很开心，谢谢你。"

"嗯。"

"明天你打算去上学吗？"

"呃，我今晚先和爸爸妈妈聊聊吧。"

"是呀，这样做比较好。你爸爸妈妈一定会理解你的心情。"

大叔最开始说的"说出来就会感到痛快"，看来是真的呢。原本一片混乱的我，跟大叔聊了这么久之后，心情开朗了许多。依现在的状态，我觉得可以和爸爸妈妈好好聊一聊。

"快回去吧，路上注意安全。别忘了在心灵迷宫中探险哟。"

我朝大叔挥挥手，穿过广场，向公交车站走去。

对面的几张长椅上，依然有大人零零散散地坐在那里——有的看着手机，有的在发呆。在无人认识自己的地方，享受独处的时间，回归原原本本的自己。我有些明白这些大人的心情了，这让我很高兴。

在快到公园入口的地方，一块牌子映入我的眼帘：小心可疑者！

牌子上画了背着白色贝壳的寄居蟹，下边用小字写着：最近多发白壳寄居蟹诱拐儿童的事件，如有线索，请马上联系警察。

"因为某些原因，我不能在这里待太长时间。"我耳边回响起寄居蟹大叔的话。难道可疑者就是大叔？他是什么样的人？我可以信任他吗？我的心怦怦直跳，我边走边想，上了公交车。

章鱼小弟的日记

9月5日（星期二）

今天，我没去上学。我像往常一样坐公交车去学校，但到站后没有下车。

我在公园里遇到一位奇怪的寄居蟹大叔。因为风浪来袭，我来到大叔的壳里。他的房子大得不得了。大叔给我看了很多神奇的东西，给我讲了很多不可思议的事情，还让我写日记。可是，公园入口处附近的牌子上贴着告示，那个大叔可能是做过什么坏事的嫌疑人呢。

我回到家后，发现妈妈还没回来，手机上也没有信息，看来我没去上学这件事没露馅儿。

妈妈到家的时候，已经晚上七点多了。我在沙发上快睡着了。

"哎呀，你这个时间睡觉的话，晚上就不困了！"妈妈像往常一样，边说边从我身边经过。

我想，果然没有露馅儿。

爸爸回来的时候，已经过了晚上十点。当时，我在自己的房间里摆弄着手机。从客厅里传来爸爸妈妈两个人的说话声。我竖起耳朵仔细听，他们不是在说我的事情，说的是工作和出差的事情。我轻轻打开房门，说:"爸,您回来了。"爸爸看了我一眼,说:"嗯,回来了。"他说完就继续和妈妈聊天。

我今天没去上学,遇到了寄居蟹大叔,他可能是可疑者……怎么和爸爸妈妈说这些事呢?我想了又想,突然觉得很害怕,就什么也没说。我用小到几乎听不见的声音对他们说了声"晚安",然后回到自己的房间。

我回想着跟大叔有关的事情:比大海还广阔的房间、未形成语言的泡泡、运送泡泡的语言水母、城墙一般的书橱、大叔的心灵迷宫、误入其中的自己,哪一个都不像现实世界中的事情。估计和爸爸妈妈说了,他们也不会相信。

按照大叔的说法,对谁都不能说的话,可以对自己说。他还说,写出来,脑子会变得清醒,也能在心灵迷宫中通关。

从公园回来的路上,我去便利店买了笔记本。但写到这里,我并没有觉得混乱的头脑变清晰,也丝毫没有迷宫探险的感觉。好烦哪,我真是太傻了。是大叔没说真话,还是我写得太差了?明天,我要再去见见大叔,问问他。

第三章

你的
也有

日记读者

想写却写不出来

"章鱼小弟，你回到自己的房间后干什么了？"走在我身旁的寄居蟹大叔瞪大了眼睛看着我。

这一幕发生在清晨。在大叔的引领下，我们穿过公园，朝前面的白珊瑚森林走去。

今天早上，我对妈妈说肚子疼想请假，妈妈给老师打了电话。

"我今天回家会比较晚，你没问题吧？"

从去年春天开始，妈妈和我说话的时候对话题会有所选择。她会和我聊学习、聊课外辅导班，但会巧妙地避开学校和朋友的话题。这其中的缘由，我心知肚明。

这都是因为去年春天，妈妈看到了我忘在房间里的音乐课本。皱巴巴的课本上用红笔画着和我一模一

样的章鱼，嘴边渗出墨汁，流着眼泪说："不要欺负我！"虽然妈妈装作什么也没看见，但从那天开始，她对我的态度就明显变了。只要我说不想去上学，她就会给我请假。

"那你在家里好好休息吧。可以玩电子游戏，注意别超过一个小时。你肚子疼，就得好好休息嘛。"

在客厅目送妈妈出门后，我回到自己的房间，开始为外出做准备。犹豫了一会儿，我把昨天的日记和报警器装进了书包。

早上九点多，我一来到公园，就在广场旁边看到了寄居蟹大叔的白色贝壳。它像岩石一样凹凸不平，毫无出奇之处。可这里面却有比大海还要广阔的空间，摆着如城墙一般的书橱，还有语言水母们游来游去。

我再次在心中惊叹着，敲了敲贝壳："大叔，我是章鱼小弟。"

"早上好。"我身后传来一个低沉的声音。

我回头一看，背着粉红色贝壳的大叔正得意地冲我笑着。

"啊？那个白色贝壳怎么不用了呢？"

"哦，我今天早上散步的时候，发现了这个很适合我的粉红色大贝壳。上一个房子已经旧了，我就搬家了。"

看来警示牌上写的寄居蟹就是大叔，我又一次这样想。大叔换寄居壳是为了躲避警察的追捕吧？但粉红色不是更引人注目吗？真没想到大叔这么糊涂！

"可……这所房子够鲜艳的呀！"

"适合我吧？我想，有时候选一个充满活力的颜色也不错。"大叔接着说，"今天我们去白珊瑚森林吧。"

"为什么？我想去您的房子里。"

"别了，别了，我刚搬完家，还没收拾好呢。"

"那我们就在公园里找个地方说话吧。"

"这个嘛，在公园里说话多没意思呀。再说，去白珊瑚森林，不会被别人看到。"

不会被别人看到？这是大叔在为撒谎逃学的我着想，还是在为他自己考虑呢？我搞不懂。

"章鱼小弟，你回到自己的房间后干什么了？"

"写日记了呀。"我努力用理所当然的语气说。

"你感觉写得怎么样?"

"很难。昨天和您说话的时候,我以为会变简单些呢。"

"那你想一想,为什么会觉得难呢?"

"该怎么说呢?写第一行的时候,我的手就停住了。要写什么、应该怎么写,我完全不知道。"

说实话,我确实真心想写日记。不只是因为听了大叔的话,更是因为我自己想去心灵迷宫里探险,想体验一下和自己对话是什么感觉。我满怀期待地坐在桌前,可我还是写不好日记。我拿起笔努力去写,手却停住了。我只写了几个字,就感觉没什么可写的了。我写着写着就没了耐心,结果写出来的东西和以前相比毫无变化,还是像暑假日记似的。

"看来你写得不怎么开心哪。"

"不开心,很懊恼。"

"懊恼?"

"用您的话说,我之所以写不好,是因为思考得不够深入。我无法接受这一点,我觉得自己好像被小看了,我明明尽力思考了呀。"

"哦，我认为你一定好好思考了。"

"那我为什么写不好呢？如果您要说我不擅长写文章，那我就没什么可说的了。"

"章鱼小弟，你当时一定很想写日记，是吧？"

"那当然啦。"

"文章嘛，经常会想写却写不出来。"

对自己的感受进行素描

"想写却写不出来？"

"是呀，这正是写文章难的地方。章鱼小弟，昨天你想写日记，就一边回想着一天中发生的事情，一边努力写下自己真实的感受，是不是？"

"嗯。"

"可是你写得不顺利。虽然你想写下去，手却停住了。"

"对对对，不只是手停住了，脑子也不转了，身子也僵住了。"

"那这样来想一下吧。比如,学校给你发了一本素描本,让你把自己的感受画出来,你会怎么做?"

"把自己的感受画出来?"

一瞬间,我陷入了沉思。

我觉得,我画不出什么像样的画。

"办不到!办不到!我根本不知道应该画什么。"

"那如果让你看着白珊瑚森林,画出那儿的风景,你会怎么做?"

"这个我能办到,因为要画的东西就在眼前嘛。"

"写文章也是一样。突然让你把自己的感受写出来,你可能会不知道该写什么,可能会写一些'好烦哪!''不想干了!'这种大喊大叫的话,是吧?"

"没错!"我忍不住笑了。因为在昨天的日记里,我真的写下了"好

烦哪！"这句话。

"昨天，我脑子里总是重复这句话，真让人头疼啊。"我说。

"但是，如果让你对自己的感受进行'素描'，你或许就能做到。"

"素描？对自己的感受？"

"嗯，不是从零开始写，而是先好好观察自己的感受。素描风景的时候，就是这样吧？然后，把自己看到的原原本本地画出来。"

"啊？可感受是无法用眼睛看到的呀。"

"一般来说是这样。但我们的感受可以分为两种，一种能进行素描，一种不能进行素描。"

很快，我们来到了白珊瑚森林跟前。深深的寂静笼罩着这片森林。传说这片森林中有神明，我们这座城市的家家户户都挂着用白珊瑚枝做的吉祥物。用我奶奶的话说，哪怕睡觉时用脚对着这片森林，都会冒

犯神明。

"好美的森林哪!"

只见大叔毫不犹豫、不管不顾地向森林中走去。

"稍、稍等一下。"

"把自己的感受写进文章,也就是对自己的感受进行素描,这种时候要注意,不要对'现在的感受'进行素描。"

"啊?"

大叔不怕冒犯神明的态度和认真说话的语气形成了很大的反差,我真是搞不懂。

"章鱼小弟,你一定很想写出现在的感受吧?也就是说,你的脑中充满了'现在的自己'。"

"可是,不管写日记还是写感想,不都是写当下自己的感受吗?"

"冷静下来想一想吧。一天即将结束,你坐在桌前准备写日记。打开笔记本,拿起笔,这时候你会想些什么呢?"

"呃,会想'写什么呢'或者'从哪里开始写呢'。"

"是吧,这就是真实的现在的感受。可是,它不是日记、作文和读后感要写的内容。不仅如此,如果把现在的感受原原本本地写出来，你可能会觉得'真麻烦哪'或者'不想写了'。"

"没错。我写老师布置的作文时，就是这样。"

"说句较真的话，'现在'这个瞬间就像钟表指针一样，一直在走动，是无法追上的。真正的现在的感受，是无法写出来的。"

"那应该写什么呢？"

"写无法更新的'当时的感受'。"

"当时的感受？"

"没错。比如，你回想一下今天早上坐公交车，当时自己有什么感受。认真观察坐在公交车上的自己，然后拿起语言的画笔，让现在的章鱼小弟对当时的章鱼小弟进行素描。"

"现在的我对当时的我进行素描……"

"就好像在观察别人一样。隔了一段时间后,现在的自己对那个在哭、在笑、在说话的当时的自己冷静地进行素描。这样一来,你握笔的手就不会停下了。"

关注细节而非整体

用观察其他人的心态,去凝视当时的自己。

听大叔这么一说,昨天的我确实一直拿着笔,脑子里光想"应该怎么写呢?"。我抱着脑袋想啊想,"不知道,不知道……"结果最后写出来的日记偏离了自己当时的感受。用大叔的话说,我满脑子都是现在的自己。

"嗯,大叔,您先前说的'和自己对话',指的是和当时的自己对话吗?"

"没错。当时的自己在哪里?在看什么?有什么感觉?有什么想法?拿起笔和橡皮,写了擦,擦了写，不断地和当时的自己对话，将内容描写得更加准确，就这样向着心灵迷宫深处前进。"

"可是，不管是对话还是素描，您打比方的这些话，我都不太懂。实际生活中，我应该怎么做呢？"

大叔停下脚步，转头看着我，说："章鱼小弟，你回想一下'昨天吃晚饭时的自己'。与其说是回想，不如说是看一看当时的自己。当时是怎样的情景？回想起来了吗？"

昨天，我和妈妈一起吃的晚饭。晚饭是鱼糕鸡蛋挂面。不过，我不记得自己是怎么吃的了。

"呃，回想自己的样子，这事儿挺难的。"

"那你回想一下吃晚饭时看到的情景吧。"

妈妈挺直腰背吃着饭。妈妈碗里的面条比我的少。我的面条是一大碗，碗里还盛了很多鱼糕和裙带菜。

"餐桌上放着什么？"

餐桌上一直放着毕业志愿表，从第一志愿到第三志愿都空着。我想，等爸爸回家后再商量这件事吧。

"你有没有听到什么声音？你有没有和谁说过什么话？"

家里只有我和妈妈的时候，总是开着电视。虽然没有人看，但是电视声能填补沉默的空白。妈妈说她上班的地方有很多人得了流感。"在学校和公交车上注意防护，小心别被传染。"我大概没怎么好好回应妈妈的话。

"你爸也得多加小心,下周他又要出差。"妈妈边说边收拾着自己的餐具。

我边吃边看电视里的选秀节目——小学生模样的虎鲨唱着我不知道的歌曲。听到妈妈小声地跟着哼唱,我想那可能是首老歌。

"真奇怪,我竟然想起了好多呢。"

"坐在餐桌前的章鱼小弟,是什么心情?"

"该怎么说呢?不太开心,有些焦躁。"

"哦。记忆模糊不清的时候,最好不要去回想'整体'。像刚才那样,先仔细回想限定的情景。这样一来,那个情景前后的记忆就会被唤醒。"

问一问当时的自己

"嗯。记忆，可真有意思呀。"

"难得回想起了当时的自己，那接下来采访一下当时的自己吧。"

"采访？"

"没错。现在的自己去采访当时的自己。也就是说，现在的自己提出问题，让当时的自己来回答。只要能提出好的问题，应该会得到好的答案。比如，章鱼小弟，昨天你有些焦躁，是吧？"

"嗯。"

"问一问当时的自己：'**为什么会感到焦躁？**'"

"啊？就算问了也……"

"当然有可能得不到答案。那就接着问，比如：'**妈妈说了什么？**'通过这个问题，你应该能想起和妈妈交谈的内容吧……她是不是说了让你感到不愉快的话？"

"不，完全没有。我倒觉得妈妈很为我着想。"

"那你就问问自己：'我的焦躁和妈妈有关系吗？我是为别的事情感到焦躁吗？'这下，感觉怎么样？"

"嗯，有点儿微妙。我只是觉得，我是先对妈妈感到焦躁，然后对自己感到焦躁的。"

"这样的话，再问一问自己：'对妈妈的什么地方感到焦躁呢？妈妈并没有对自己说什么呀，不是吗？'这样一来，你就能回想起妈妈的某个行为或者无意中表露出来的态度，对吧？"

"嗯，我在意的可能是妈妈的态度吧。"

"那继续挖掘吧。问一问自己：'妈妈是什么态度呢？她当时是什么表情？'怎么样？你理清头绪了吗？"

"我可能对妈妈什么都不做感到焦躁吧。不论是学校的事情、毕业志愿的事情，她都不主动说。她太在

意会不会伤害到我，对我太小心翼翼了。"

"原来如此。你和妈妈的关系变得有些不自然了。"

"我知道，这并不是妈妈不好。"

"像这样不断对自己进行采访，会越来越接近答案，是不是？接近自己为什么感到焦躁的答案。"

"这就是答案吗？"

"为什么这么问？"

"因为我只是莫名其妙地觉得焦躁哇。大叔，这种状态您也有过吧？为什么不能保持'莫名其妙'的状态呢？"

"因为那不能解决任何问题。莫名其妙地感到焦躁，莫名其妙地感到不安，莫名其妙地感到厌恶……像这样用莫名其妙来解释自己的情绪，什么问题都没有得到解决。未形成语言的泡泡残留下来，一个劲儿地膨胀。"

"可是，情绪有答案吗？能找到答案吗？"

"一定能得出答案。"大叔斩钉截铁地说，"答案

不是找到的,而是得出的。由现在的自己得出当时的自己为什么会有那样的情绪的答案。如果不能这样做的话,就一个字也写不出来。"

不思考,很糟糕吗?

"大叔,您好厉害呀。"我无奈地说。

"厉害?你是指什么?"

"您那样得出答案,不感到害怕吗?我觉得有些害怕。"

"怎么个害怕法儿?"

"拿填报毕业志愿来说吧,大家都定好了第一志愿选这个、第二志愿选那个。可是,我还不想把志愿确定下来。"

"你自己明白不想确定下志愿的原因吗？"

"因为如果把第一志愿和第二志愿都确定下来，就不能再回头了。这会让人觉得考试真的要开始了，剩下的就是通不通过的问题了……"

"不得出答案，不确定答案，这样就能一直留有'可能性'。既能去这边，也能去那边，给自己留下了多种可能性。章鱼小弟，你这种想把可能性掌握在自己手中的想法，我也非常明白。"

"嗯。"

"但是，只要存在着可能性，我们就不能非常认真地思考。"

"为什么？我很认真哪。就因为认真，所以还没有决定。"

"章鱼小弟，你确实很认真地想了，但没有上升到思考的高度。喏，我不是说过吗？思考，就是试图找出答案。一直保持不得出答案的状态，和完全没有思考是一样的。"

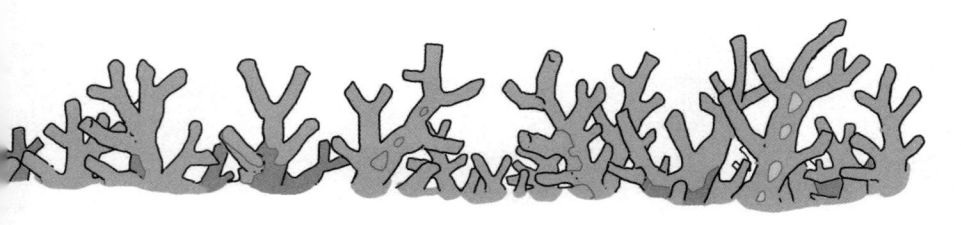

"什么嘛，真是的！什么思考不思考的！！大叔，您为什么非要让我思考呢？不思考，就那么糟糕吗？不思考，不也完全可以吗？"

"这不是好不好的问题。不思考，很危险。"大叔用低沉而平静的语气说，"在我们的头脑中，有很多想法在交织、旋转。未形成语言的泡泡越积越多，会让头脑变得一片浑浊。我们要想方设法清除这些浑浊的东西，我们在聊这个，是吧？"

"嗯。"

"这种时候，如果没有思考的习惯，你觉得会怎样？"

"不知道。"

"就会扑向别人准备的'简单易懂的答案'。"

"简单易懂的答案？"

"没错。就是看起来能解决自己烦恼的方便的答案。"

"为什么说那是危险的？

简单易懂不好吗？"

"确实，如果有简单易懂的答案，人们就会接受，就会以为这样就解开了头脑中的谜团。可是，如果你扑过去的答案是假的，怎么办？而且，如果提供答案的人想欺骗你，怎么办？自己如果没有思考能力，就没办法看穿这样的谎言。"

"您是说会轻易被骗？"

"对呀，即使是我也一样。说不定，我正在骗你呢。说不定，我前面说的话都是假的呢。说不定，我根本就没写过什么日记。说不定，我是有所企图的大坏蛋呢……是吧？"

我想起了公园门口附近立着的警示牌。对了，我还不知道寄居蟹大叔的名字，也不知道他的工作。他为什么一大早不去上班却出现在这里？他为什么要关心我的事情？他为什么要带我来白珊瑚森林？我完全不知道。我脑中闪过放在书包里的报警器。

"大叔，您想骗我吗？您在对我撒谎吗？"

"我当然没有骗你，也没有撒谎。不过——"大叔叹了一口气，继续说，"假如我是个大坏蛋，此刻看着你的眼睛，也会说同样的话，也会说'我当然没有骗你'。"

"怎么能这样……"

"不好意思，我把话说得太冷酷了。不过，如果没有养成自己思考的习惯，就是这么危险。"

"自己思考的习惯是指什么？"

"也就是写作的习惯。"

对话时的九成内容是回复

这时候，我突然发现书包里的手机在振动。或许早就收到了信息，我只是才注意到而已。

"可是，话虽这样说……"我有些激动地反驳着，"我们每个人都有写的习惯吧？都写过很多吧？可我们并没有深入思考哇。在手机上聊天的时候，大家回

信息都很踊跃呀。聊天群里，一眨眼的工夫就会有100多条未读信息呢。"

"啊？真够多的。"

"这还不算什么呢，您看。"我边说边从书包里拿出手机，"又是群聊。看，有206条未读信息呢。"

我点开聊天页面，飞鱼他们正在热火朝天地聊着我不知道的话题，表情图一个接一个地出现在屏幕上。

"我能确定地说，手机上交流的信息和我说的文章，种类不同。"

"它们有什么不同？"

"手机上交流的信息，基本上是'对话'。"

"对话？"

"对，就是语言水母运送的会消失的语言泡泡。"

"什么？！大叔，您懂手机聊天吗？不是打电话，是发信息。"

"章鱼小弟，假设你给朋友发信息：明天也请多多关照！朋友读过后，显示为已读状态。你觉得这样结

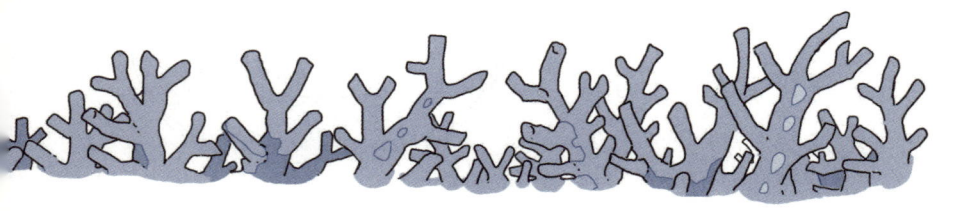

束可以吗？"

"啊？已读不回吗？那让人觉得多不舒服哇。哪怕只回个OK（好的）的表情图也行啊，总得回复一下吧。"

"你为什么会觉得不舒服呢？反正你已经告诉对方'明天也请多多关照'了呀。信息不是清清楚楚地显示为对方已读了吗？这不就够了吗？"

"话虽这样说，但我完全不知道对方怎么想，我心里会不安哪，会担心对方是不是不高兴啊，还有这种好像被对方忽视了的感觉也很糟糕……"

"那换成日记、作文、读后感呢？假设你的作文被收入毕业文集，没听到同学们的读后感想，你会觉得不安吗？'大家不要已读不回，给个回复嘛。'你会这样想吗？"

"那倒不会……这种情况不需要互相发表感想。"

"的确是这样。可是，手机信息就会让人觉得应该回复，已读不

回会让人很不舒服。这是因为你在写手机信息的时候，设定的前提就是能够得到回复。"

"呃……那倒是。"

"那接下来要讲的内容就很有意思了。比如，现在你和我在对话。"

"嗯。"

"而且，我们也是以能够得到回复为前提进行对话的。如果对方什么回复都没有，我想，对话是不可能进行下去的。"

"嗯，我也这么觉得。"

"为什么对话会以得到对方的回复为前提呢？实际上，对话时的九成内容是回复。"

"九成内容？"

"章鱼小弟，假设你说：'昨天，我丢了钱包。'我说：'那可真麻烦哪。'你说：'可不是麻烦，我所有的零花钱都在里面呢。'我说：'掉在哪里了？有什么头绪吗？'……你看，只有最开始的一句话不是回复，其他的话都是在回复，对吧？"

"向对方提问也是回复？"

"当然了。因为是听了对方的话或者根据话题的走向而提问。"

"那么，像这样对话时的绝大部分内容是回复吗？"

"就是这么回事。反过来说，如果把对话中与回复相关的内容删掉，对话会变得很生硬，气氛会变得很僵。"

"嗯，是呢。虽然我说话时完全没有意识到正在回复对方。"

"就是这么回事。在手机上发的信息，是以能够得到回复为前提而写的，所以会很介意对方已读不回。换个说法，这是对话。而且，对话的语言无论累积多少，都和思考无关。这就是我的结论。"

"为什么这么说？在和您对话的时候，我不是思考了很多吗？"

一个人的时候,写下"不是回复的话"

"现在,我们把对话比作打乒乓球吧。"

"乒乓球?"

"嗯,乒乓球或网球都行。你看,打乒乓球、打网球这些运动,只有发球的时候完全由自己来主导,之后比的都是如何应对对方打过来的球,对吧?从这个意义上说,这些运动和对话很相似。"

"您是说给对方的回复像把球打回去?"

"没错。听了对方的话,自己要用什么话去回复?对于自己的回话,对方会怎么接?说不定对方会来一记扣杀,想把你打倒在地。但是,你可能会打出漂亮的回球。这么想的话,你就明白对话的结构了吧?"

"对,对,我能明白这种一来一回的感觉。"

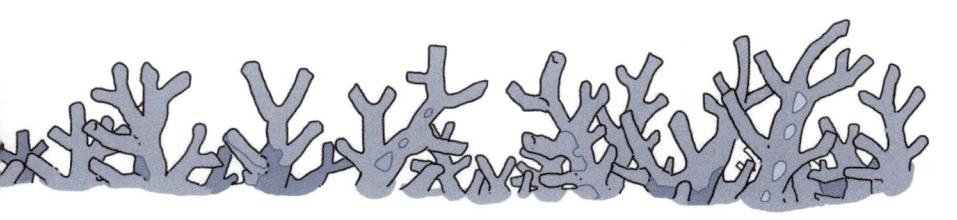

"可这样的话，自己就很难深入思考。之所以这样说，是因为自己在思考之前，必须先回击对方打过来的球。"

"您是说没有时间思考吗？"

"从时间上说是这样，从话题走向上说也是这样。比如说，我现在把话题转换为：'对了，章鱼小弟，你喜欢什么漫画呀？'那你就不得不回复我你喜欢的漫画了。你的意识就转移到了漫画上，即使你刚才想的是别的事情。"

"嗯。"

"接下来在聊漫画的时候，我又问：'除了漫画，你还喜欢什么书？'于是，你的意识又转移到了其他类型的书上，即使你刚刚对漫画有种种思考。"

"嗯，会这样。"

"总之，对话不会让我们停留在一个地方，不会让我们专注于思考一件事。所以，为了让自己能深入思考，人需要独处。在只有自己一个人的时间和空间里，面对自己一个人而写，才能让自己深入思考某件事。也就是说，

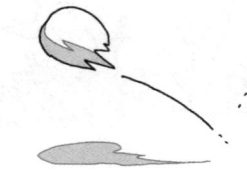

不迎合任何人,写下'不是回复的话'。"

"不是回复的话?"

"是的。写的不是对任何人的回复,而是自己心中的话。"

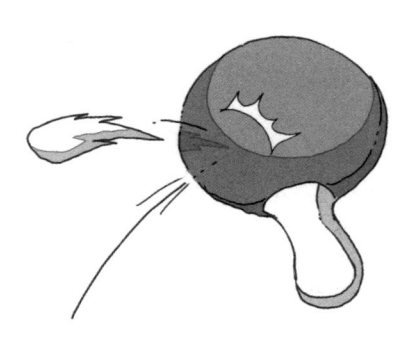

对话中不要争胜负

"可是,大叔,您为什么要和我对话呢?您不是喜欢写作,不喜欢对话吗?和我这样的孩子对话,对您来说很无聊吧?您为什么会这么好心地来一场对话秀呢?"

寄居蟹大叔愣了一下,接着大声笑了起来:"哈哈哈……章鱼小弟,原来你是这么想的呀。"

"您别笑哇!我在很认真地问呢。"

"啊,抱歉,抱歉。我从哪里说起好呢?首先,和你对话，我感到很快乐。其次，章鱼小弟，你很敏锐，和你对话，我有很多发现。"

"您刚才不是说，人在对话时不会深入思考，只会一味地去应付对方吗？"

"确实是那样。我们不能完全按照自己的想法进行对话，话题的走向不是我和你能控制的。但正因为要听命于话题的走向，所以能察觉到自己一个人时意识不到的问题，能根据对方的话从不同的角度来思考问题。"

"这是对话的好处？"

"对，在不知道话题会走向何方的情况下是这样。今天也是一样的情形啊。现在我们在聊'对话'，但为什么会聊到对话，你记得吗？这并不是我们哪一方能主导的吧？"

"呃，是吧。"

今天来的时候，我想深入聊的是日记、心灵迷宫，还有"和自己对话"这件事。但不知不觉间，我

们讨论起了"和别人对话"这件事。

"而且,章鱼小弟,我觉得和你对话很合拍。"

"怎么个合拍法儿?"

"刚才我们把对话比作打乒乓球,是吧?"

"嗯,您说就像回击对方球的比赛。"

"当竞争感变强烈后,人会觉得对话越来越像比赛,很多时候会不知不觉地产生想赢的念头。"

"想赢?在对话中?"

"嗯,想把对方驳倒。如果把赢作为目标,就会一个劲儿地否定对方的话,这样对话就无法进行下去。为了赢,不承认自己不对的地方,讲一些似是而非的道理,歪曲记忆,甚至撒谎,有时候还会出现语言暴力——就像用一记扣杀来扭转战局。"

听到寄居蟹大叔的这些话,我的脑海中浮现出海鳝说话的样子。和我在一起时,海鳝绝对不会承认自己错了。我一说什么,海鳝就会立刻否定我——"不对!""不是那样的!"对于他自己的意见,他总是

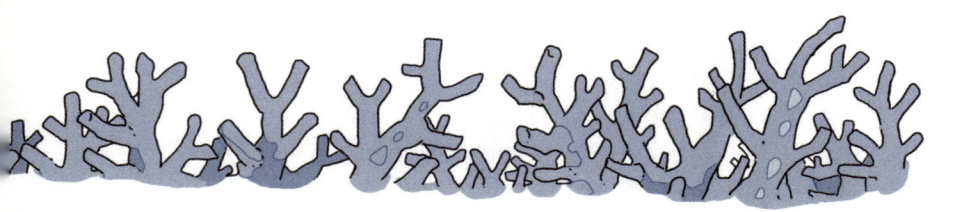

很强势地坚持到底。对，我之所以觉得和海鳝说话很没意思，就是因为海鳝在对话中总想赢。

"与此相对，章鱼小弟，你在和我说话时，并没有想赢的想法。"

"那是因为我赢不了您。"

"不，章鱼小弟，我想你无论和谁说话都一样。当然了，和自己对话的时候也一样。"

"为什么？"

"正是因为有这个'为什么'——想知道自己不知道的事情，想明白自己不明白的事情，和这样的章鱼小弟在一起，我受到了很大的震动。应该说，是你让我想起了以前的自己。"

"以前的自己？"

把四处分散的我们联结在一起

"我上中学的时候,一步都不想从这里走出去。"说着,寄居蟹大叔敲了敲背上的贝壳。

"您不想走出自己的房间?"

"是呀。本来嘛,自己背上有这么方便的房间,不是最适合闭门不出的吗?"

"您……不喜欢上学?"

"是的。我被欺负后,就躲到了壳里。等我回过神来,发现自己不想出去了。在壳里待了差不多一年后,我决定每天去市图书馆学习。我既需要练习外出,也需要补习落下的功课。"

"啊——大叔,您好厉害!"

"有一天,我在图书馆做习题的时候,一位海龟大叔和我搭话。他问我:'你是一个人学习吗?'当时我很吃惊,还以为他要和学校联系呢,吓得我差点儿逃走。但海龟大叔丝毫没有提学校的事情,而是用很平常的语气和我聊了下去。"

"嗯,这种好意,我也懂。"

"从那之后,我每次去图书馆都会遇到海龟大叔。吃午饭的时候哇,回家走到车站的时候哇,海龟大叔和我聊了很多,我从他那儿学到了很多。"

"那位大叔教您功课吗?"

寄居蟹大叔摇摇头,微笑着说:"不,是比功课更重要的事情。"

"比功课更重要的事情?"

"躲在自己壳里的时候,我不想和任何人说话。在闭门不出的那一年里,除了家人,我几乎没和别人说过一句话。"

"那肯定很寂寞吧?"

"并没有。我本来就没几个朋友,我甚至觉得自己不需要朋友。只要不跟任何人见面,不和任何人说话,就能让自己少受伤害,是吧?所以,我对自己一个人根本无所谓。可是……"

"怎么了?"

"海龟大叔让我有一种从没在任何人身上感受到

的'联结'的感觉——无论是否和他在一起,我都很安心。我一直在思考:把我们联结在一起的绳子到底是什么呢?后来,我终于明白了绳子的真相。"

"是什么?"

"是语言。"

"语言?"

"没错。我们每个人在各自的地方,进行着各自的思考,过着各自的生活。即使是生活在一起的家人,这个原则也是适用的。"

"嗯。"

"我们把自己的想法寄托于语言之绳,别人会抓住我们投出去的绳子,我们也会抓住别人投过来的绳子。于是,四处分散的我们就这样联结在一起。不管身处暴风雨之夜,还是置身孤单的夜晚,我们都不会被海浪冲走,都能安心地迎来黎明。在此之前,我从没有对任何人投出过语言之绳,就连 SOS(紧急呼救

信号）的绳子也没有投出过。但是，在我和海龟大叔说了很多话后，令人意想不到的是，我们之间自然而然地联结了。"

寄居蟹大叔背后那些伸展着的白珊瑚枝看上去就像绳子，像伸向四面八方的语言之绳，然后汇集成网。如果我是白珊瑚，我伸出了多少根绳子呢？其中有多少根绳子和大家联结在一起呢？

"章鱼小弟，你昨天和今天都跟我聊了很多你的事情呢。"

"嗯。"

"谢谢你让我知道了这么多事情，让我和你成为朋友。"

"朋友？我们是朋友吗？"

"我是这么认为的。你知道吗？把我们联结在一起的正是语言。章鱼小弟，如果你什么都不说，我们是不会这样联结的。用语言来表达自己，真的很重要。"

任何文章都有读者

"用语言来表达自己,就能与别人联结起来?"

"是呀。上中学时的我是这样做的,现在的你也一样。"

"那为什么要写呢?自己一个人写日记,没有和任何人进行联结呀,语言之绳没有到达任何地方啊……大叔,您一会儿说要一个人写,一会儿又说得和别人说话,怎么乱七八糟的?"

"章鱼小弟,不是这样的。"大叔安抚着有些激动的我,继续说下去,"听我说,不管什么样的文章,一定都会有读者。没有读者的文章是不存在的。"

"写给自己的日记也是这样吗?"

"当然了。章鱼小弟,昨天你写日记了吧?"

"嗯。"我把手伸进书包里,拿出日记本,说,"这

就是。不过，我不打算给您看。"

"那也没关系。本来嘛，日记写的就是只属于自己的秘密。但是，即便不打算给任何人看的秘密日记，也有'未来的自己'这个读者。"

"未来的自己？"

"是的。半年后、一年后、三年后，也许十年后、二十年后，你一定会重新阅读现在的日记，你会与认真生活的'当时的自己'面对面。这是只有坚持写作的人才能得到的最好的礼物。"

"这个……会成为礼物？"

"是的。虽然你现在觉得很辛苦，但是只要向未来的自己投出绳子，三年后的你一定会面带笑容地读这些日记。"

语言水母从大叔的贝壳缝隙里露出脸来，好像在说差不多该回去了吧。大叔用手温柔地安抚着他，看着我说："章鱼小弟，你能和我做一个约定吗？"

"什么约定？"

"希望你能从明天开始，坚持写十天日记。"

"要写十天哪？"

"对，先写十天。如果只写短短两三天的话，和

自己的对话就不够深入。其实，连续写一个月都不太够呢。"

"呃，我能坚持写那么长时间吗？"

"没问题，我有一个好主意。希望你能怀着'让寄居蟹大叔读这些日记'的想法去写。而且，希望你真的能让我读。"

"啊？！"

"因为一想到有读者在等着，就更容易坚持下去，是吧？"

"呃，那个，可能是吧，但是……"

"坚持做某件事情的时候，如果把它当成义务，就会觉得很辛苦。更不用说一想到'不做的话，会被批评'，那就更不想做了。这种时候，可以把它当作和某人约定的事，约定要坚持写下去。"

"约定的事？"

"所谓约定的事，不是不得不做的事。无论怎样，约定的都是自己想去做的事情。要不要约定，决定权在你。如果是自己下定决心要做的事，就能坚持下去，因为真正与自己缔约的人就是自己。"

"与自己约定？那不是立刻就会打破吗？"

"可以不必约定到'写'这一步。先试着和自己约定'到了晚上，打开笔记本'吧。只是打开笔记本，能做到吧？"

"呃，差不多。"

"这个小小的约定，先坚持十天吧。不是义务，而是为了遵守约定而去坚持。怎么样？能做到吗？"

"我明白了。从明天开始的十天里，每到晚上，我都会打开笔记本。虽然我不知道自己能不能写出来，但我保证打开笔记本。"

"谢谢。有我这个活生生的读者等着呢，我保证绝对不会责备你或者嘲笑你，不管你怎么写，我都站在你这边。希望你在知道这一点的基础上写写看。"

"不知怎的……我已经开始紧张了呢。"

"哈哈哈，没关系。来，我们穿过森林回去吧。我也差不多该回去写日记了，要不然语言水母会不高兴的。"

于是，我们动身离开白珊瑚森林，往公园走去。

回去的路上，我和寄居蟹大叔聊了很多。他给我讲了海龟大叔很多有趣的故事。他说自己开始写日记，也是因为听从了海龟大叔的建议。

"我说的话，有一多半是以前海龟大叔告诉我的。"寄居蟹大叔笑着说。

我觉得，已经不需要问警示牌的事情了。寄居蟹大叔是不是可疑者，和我没有关系。寄居蟹大叔给我讲了他过去的事情，说和我是朋友，还和我做了约定，这就足够了。

就在这时，在我们穿过白珊瑚森林、正要进入公园的时候，咔嚓！海藻林后面响起了快门声。

我扭头一看，一个黑影飞快地游走了。

章鱼小弟的日记

约定的第一天 9月7日（星期四）

已经有两天没去学校了，今天我去了学校。

虽然不去上学也行，但我决定去。因为我觉得，要是今天再不去，那我以后就再也下不了去上学的决心了。

在公交车上，我一直在摆弄手机。下了公交车后，我不是翻看书包，就是假装看课程表，尽量低着头走路。

我推开教室门的时候，没有人注意到我。"你请假了？有好几天没看见你了。"大家完全没有这样的反应。同学们三五成群地聊着天，等着老师来上课。

飞鱼他们围在枪乌贼的课桌周围。有那么一瞬间，我的视线似乎和枪乌贼的视线碰到了一起。只见枪乌贼张开嘴，无声地"啊"了一下，略微一招手，又回到了和大家的聊天中。

班里还有另外一个小圈子——网球部的虎鲨当头儿的二号小团体。虽然虎鲨没有枪乌贼那么引人注目，但

他学习和运动都不错,也是可能会被老师"高看一眼"的学生。飞鱼对虎鲨也不敢说什么。

海鳝和康吉鳗也没来到我身边。当然,我也不打算去他们那边。这种一个人待着的感觉,出乎意料地好。

寄居蟹大叔说,要珍惜一个人独处的时间。

他还说,一直和大家在一起的话,就无法做自己。

可是他又说,要用语言之绳和大家联结起来。

在这个教室里,我可以把绳子投向哪里呢?我不知道。

螃蟹老师来了,开始点名。老师叫到我的名字,我回应了之后,他问我:"你感冒好了吗?"这是今天螃蟹老师和我之间唯一的对话。

课间休息的时候,飞鱼他们没有嘲笑我。刚开始我以为自己被他们无视了,但似乎不是那样。也许是他们厌烦了,也许是风波过去了,他们好像找到了比运动员宣誓更好玩儿的事情。

体育课上,大家练习了体育节上要表演的集体舞。

教体育的沙丁鱼老师说,明天的课上要决定每个人的参赛项目。初一和初二的时候，我参加的都是拔河比赛，今年估计也是这样。

回到家，我看到妈妈留的字条儿。只要有时间，妈妈就会给我留字条儿。字条儿上写着："爸爸和妈妈都回家晚，冰箱里有海蕴意大利面，一定要加热后再吃。要是过了晚上十点我们还没回来，你就先睡吧。"

我突然想起来，放学回家的时候，我和海鳝打了个照面儿。他露出一个令人不快的笑容，眼神里满是傲慢，仿佛在夸耀他的胜利。

所谓日记，这样写行吗？只要打开笔记本，总能乱写一气。可是，我并不觉得开心，也丝毫没有在心灵迷宫中探险的感觉。

约定的第二天 9月8日（星期五）

早上，我到了学校，发现教室里一片嘈杂。男生们聚在飞鱼的课桌周围，不知道在说些什么。我走过去时，和我擦肩而过的康吉鳗告诉我："枪乌贼受伤了，被送去了医院。"

没多久，螃蟹老师来了，告诉了大家事情的经过。

今天早上，枪乌贼参加了足球部的训练。虽然枪乌贼在夏季足球赛后已经退役了，但还是和二班的虾蛄一起参加了晨练。没想到，他和初二的一个学生撞到一起，导致腿受伤了。枪乌贼被迅速送到医院，现在正在接受手术。即使手术顺利，他也要住院治疗一段时间。

"好可怜哪。"河豚说。

螃蟹老师说现在他要去医院，飞鱼说他也想一起去。老师当然没有同意。他说，下周一上自习的时候，大家一起去看望枪乌贼。接着，教导主任把螃蟹老师叫了出去，大家又七嘴八舌地说起来。

听到枪乌贼受伤，我心想，幸好夏季足球赛已经结束了。

我知道枪乌贼一直很期待参加夏季足球赛，他在比赛中表现得非常出色。暑假结束的时候，枪乌贼和足球队的同学们在全校大会上受到了表扬。当时，枪乌

贼非常自豪地把奖牌挂到了脖子上。

在体育课上，大家确定了各自的参赛项目。我选了拔河，海鳝和康吉鳗参加障碍跑。本来应该由枪乌贼作为代表参加的接力赛，改由虎鲨参加。"我会加油的，连枪乌贼那份儿一起努力！"虎鲨说。运动员代表宣誓的事情，还没有任何人表态。

放学回到家，妈妈已经先回来了。晚饭是羊栖菜面条。前几天我拿回来的毕业志愿表依旧放在餐桌上。虽然必须要参加三方面谈，但妈妈一直没有和我谈毕业志愿的事情。外婆来电话了，帝王蟹家里重新装修了，妈妈只和我聊这些。

吃完晚饭，我回到房间，用手机玩电子游戏，只玩了一小会儿就关机了。如果有朋友，手机会热闹些吧。我决定明天早点儿起床。

约定的第三天　9月9日（星期六）

今天一早，我去医院看望枪乌贼。

我在导医台说了枪乌贼的名字，护士告诉我到三楼病房找他。我想，要是飞鱼他们在的话，我就回去，但谁都没有来。

推开病房的门，我看到腿上缠着一圈圈绷带的枪乌贼正坐在床上看漫画书。看到我，枪乌贼有些惊讶，说了一句"你来了"。

他合上漫画书，继续说："刚才我爸妈只给我拿来三本漫画书，我很快就看完了。"

"我给你带了书，估计是你没读过的。"我从包里拿出暑假我刚读完的小说。

"哦，这个系列你还在读吗？"

"嗯。"

这个系列是以魔法学校为主要背景，讲述了主人公和他的朋友们的学习生活和冒险故事。由它的第一部改

编的电影上映的时候，我们上小学六年级。当时，我俩去电影院看了那场电影。从电影院回来后，枪乌贼把那部电影的原著小说借给了我。我当时觉得它很厚，没有信心能读完。没想到我一读就停不下来，一页接一页地翻着，连饭都顾不上吃。最后读完的时候，我觉得自己好像完成了一件了不起的事情，自己好像长成了大人。不过，我觉得借给我书的枪乌贼更像大人。我这次带来的书是这个系列的第三部。

"你的腿怎么样了？还疼吗？"
"真好笑哇。除了你，班里来看我的一个都没有。"
枪乌贼没有回答我的问题，只是哗啦哗啦地翻着手里的小说。我赶紧告诉枪乌贼，大家都想马上来看望他，但螃蟹老师没同意，让大家下周一起来看望。
"哦，也许吧。"枪乌贼抬头看着天花板，喃喃地说，"我们怎么变成这样了呢？"

我和枪乌贼在小学时是关系很铁的朋友，我们总是一起上学、一起放学。
后来上了初中，枪乌贼参加社团活动后，我们的关系变生疏了。虽然我们还是在同一个地方上学，但我感到我俩之间介入了很多其他人。课外活动的时候，枪乌贼身边总是围着足球队的成员；在教室的时候，他身边会有飞鱼他们，我身边会有海鳝和康吉鳗。于是，我和枪乌贼渐行渐远。上了初三以后，我和枪乌贼都没怎么好好说过话。我甚至觉得，枪乌贼在刻意隐瞒我们曾经是好朋友这件事。

"真是一言难尽哪。"我感叹道。

"是呀，一言难尽。"

"不过，上次那件事……"

"选运动员代表宣誓的事情？"

"呃，嗯。"

"没什么大不了的。那天，也就是星期一早上，飞鱼说：'咱们……就这么办！'他也跟海鳝他们打招呼了。你别怨海鳝他们。对

飞鱼的话，他俩没法儿反抗。于是，男生们都兴奋得不得了。当时那种形势，我也不好反对。飞鱼也不是真想刁难你，他就是觉得这事好玩儿，他就是一心想时不时搞点儿好玩儿的事。当然，小章，这事困扰你了吧。"

枪乌贼已经很久没叫我"小章"了。这个好像没有人会这么叫、应该消失的称呼。

"可是，这样的理由……"

"是呀，小章，对你来说，这简直是一场意外的灾难。第二天，飞鱼倒把这件事给忘得一干二净了。不过，运动员代表宣誓嘛，很快就会结束。我在足球大赛上宣誓过，小菜一碟。小章，你想太多了。"

"也许吧……"

枪乌贼合上书，很认真地说："不过，嗯……抱歉哪。"

我不知道他对什么感到抱歉。我虽然不明白，但听起来他好像在对我所有的事情说"抱歉"。

"冰箱里有果汁。"

枪乌贼说完就摁铃叫来了护士，让护士用轮椅推他去厕所。

房间里只剩下我一个人。我赶紧掏出笔记本，写下刚才的对话，以免自己忘了。

"你在写什么？"从厕所回来的枪乌贼问我。

我赶快把笔记本放回书包里，说："没、没写什么。"

"什么呀，你明明在写嘛。别瞒着我啦。"

我窘极了，忐忑不安地从书包里掏出笔记本，说："那个……我把刚才的对话记了下来。"

"记了下来？为什么？"

"我跟别人做了约定，要写下来的约定。"

接着，我讲了我和寄居蟹大叔约定的事，还谈了和大叔的相遇、大叔那个神奇的房子、未形成语言的泡泡，还有在白珊瑚森林里的对话。这些是我原本不打算说的，但不知道为什么全都说了出来。我说完后果然感到很痛快。枪乌贼听我讲着，不时地向前探着身子说："真的吗？""太厉害了！""太牛了吧。"

"枪乌贼，我真希望你也能见见寄居蟹大叔。我想，大叔也会很高兴的。这比上学有意思多了。"

"哦，我就算了。"枪乌贼看着窗外说，"我可能还得做一次手术。那样的话，我住院的时间会延长。"

"再做一次手术？"

由于枪乌贼说得太平静了，我差点儿忽略了他受伤和做手术这些事。

"腿还疼吗？你现在是不是在硬撑着？"

"要说疼，昨天晚上最疼了。现在吃了药，感觉好多了。体育节我是参加不了了，上高中后也不知道还能不能踢足球。"

原来是这样。跟他比起来，我的烦恼哇，运动员代表宣誓呀，这些事根本不算什么。我看着枪乌贼的侧脸，突然觉得很抱歉。我光沉浸在自己的事情里面了，完全没有考虑枪乌贼的事情。

"不说这个了。"枪乌贼突然转过身子，对着我说，"小章，你的日记也让我读一读吧。除了寄居蟹大叔，也加上我这个读者吧。你日记里的话，我谁都不告诉。在我出院之前，请你坚持写下去吧。什么书也比不过你的日记，总之，我很想读。"

"这、这个……"

"约定喽，小章和我。"

离开医院前，我做了这个意料之外的约定。我是该高兴呢，还是该害怕呢？我完全不知道。说实在的，我到现在也不知道。

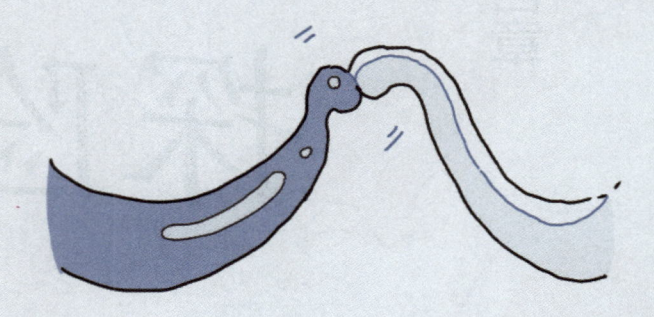

探险

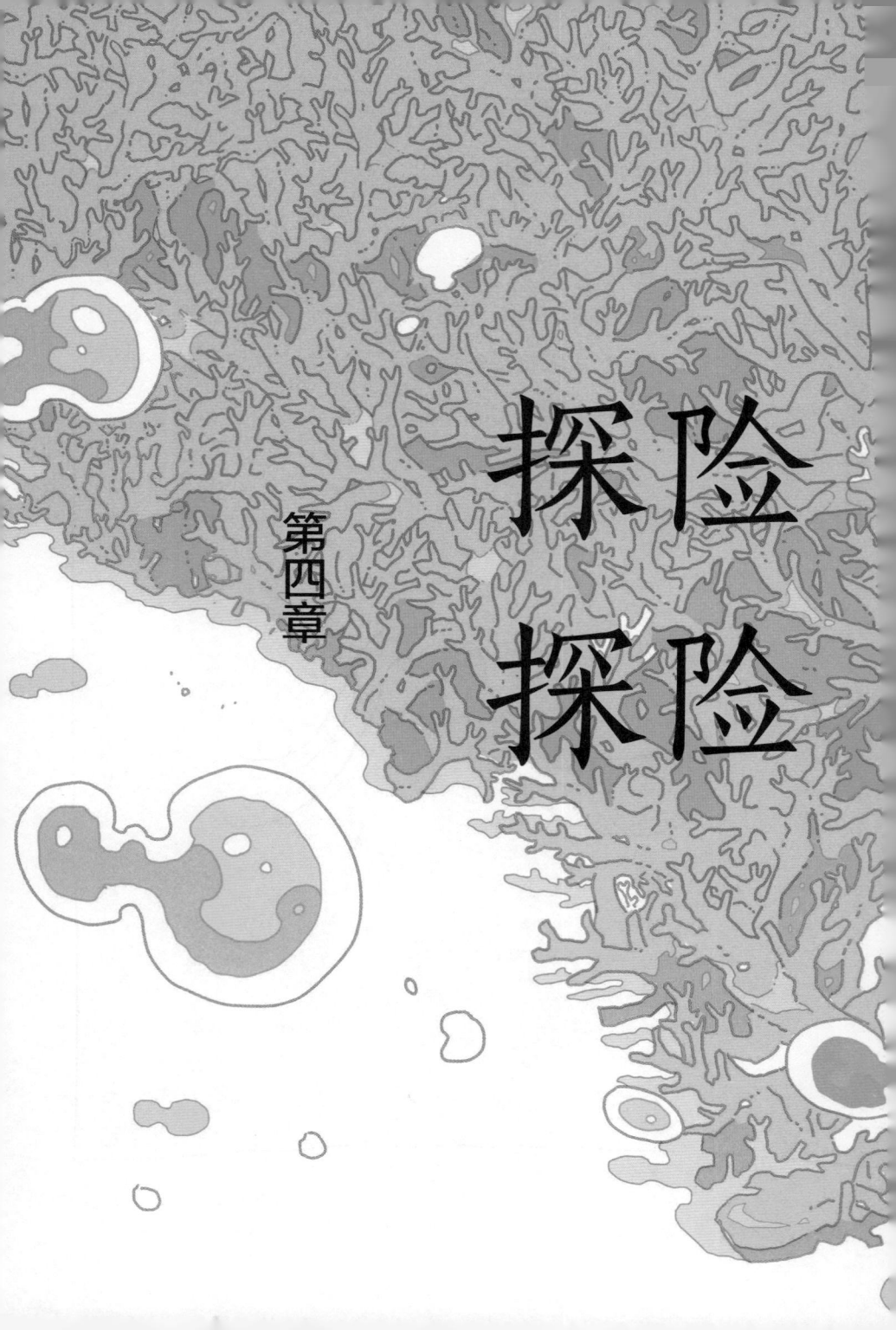

第四章

探险

之剑和
地图

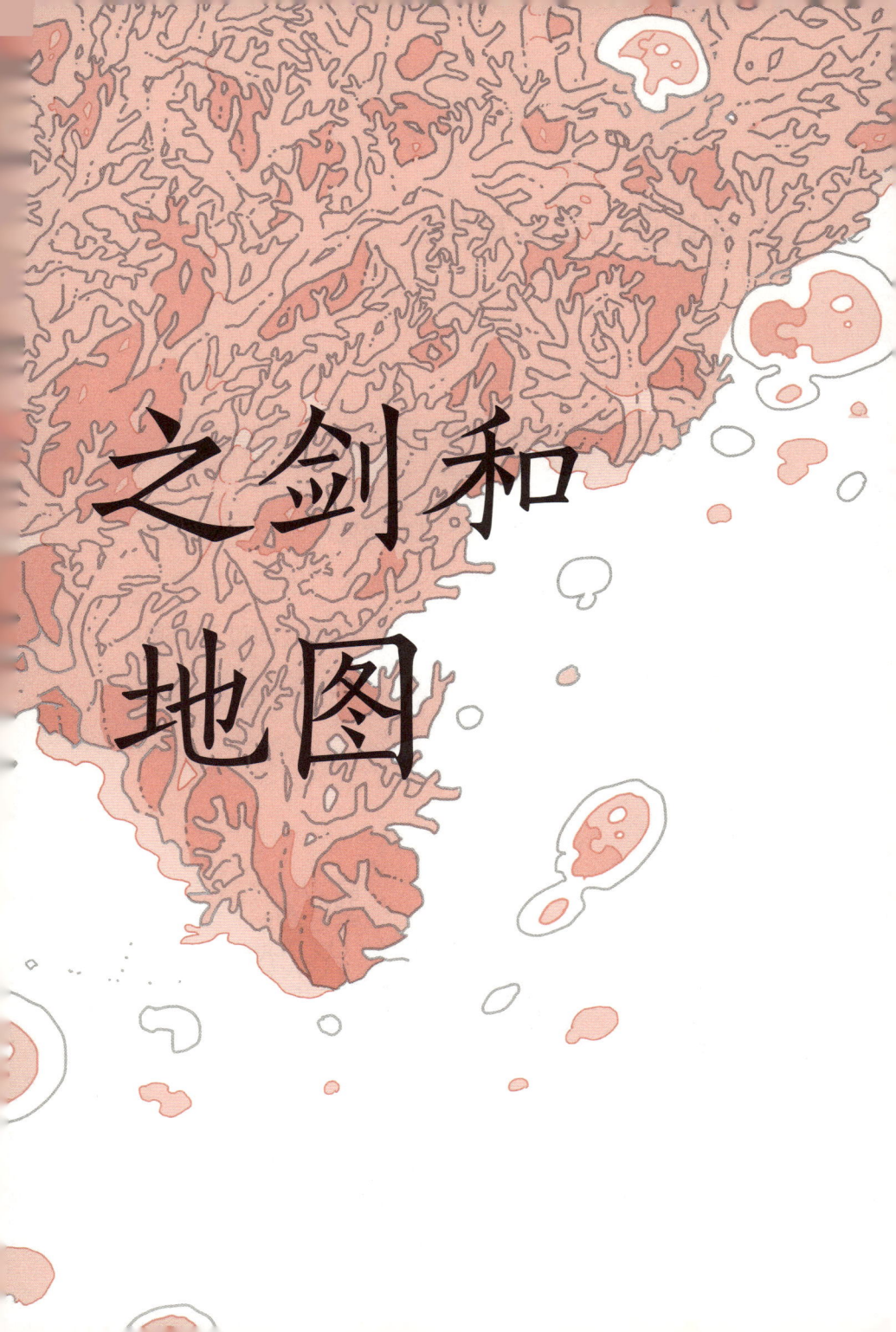

怎样让自己喜欢写作？

"这件事越来越有趣了。"

这是寄居蟹大叔读完日记后的第一句话。

可能因为是星期天，公园里到处是带孩子出来玩的人。那块警示牌依然立在公园的入口附近，提醒人们注意背着白色贝壳的寄居蟹。大叔新找的过于鲜艳的粉红色贝壳，反而让他摆脱了人们怀疑的目光。

"好，今天我们去珊瑚森林吧。"

"咦，又要去白珊瑚森林？"

"不不不，今天我们去更远的、靠近海洋表面的红珊瑚森林。"

"啊？红珊瑚森林，那儿……"

"那是我很喜欢的一片森林。"

红珊瑚森林是我从小就被严禁靠近的地方。据说那片森林深邃幽暗、十分可怕，孩子要是不小心走进去，就再也出不来了。可是，大叔完全不信这些。

在去红珊瑚森林的路上，大叔一边读着我的日记，一边不时地点着头。

"这件事越来越有趣了。"

"不是吧，我觉得事情闹大了。"

"那你要把日记拿给枪乌贼看吗？"

"我和他那么约定了，但我不知道自己能不能坚持写到他出院。"

"这个嘛，你一定要坚持写下去。和枪乌贼有约定是一个原因，更重要的是为了你自己。章鱼小弟，你注意到了吗？你的日记写得一天比一天有趣了。"

"真的吗？"

"真的。第一天和第三天,写得完全不一样。"

"第一天我没什么要写的,第三天有很多想写的。可能主要是因为这个而不同吧。"

"不不不,不是这个原因。"

来到森林跟前,大叔打开我第一天的日记。

"章鱼小弟,第一天你想写什么呀?"

"想写什么?当然是想写日记呀。"

"没错。你写的东西很像日记。那你准备写日记的时候,最开始你是怎么想的?"

"当时……是怎么想的?一开始,我把那天发生的所有事情都回想了一下,然后按从早到晚的顺序写,差不多就是这样。"

"原来如此。那第二天呢?"

"嗯,写法可能几乎完全一样。对了,那天早上发生了一件大事,那就先写它吧,就这样写了起来。"

"反过来说,第一天没有发生大事?"

"嗯。那天不管在学校还是在家,都没发生什么大事——也许是我错过了,也许是因为没人搭理我。所以,那天的日记我写得很费劲。"

"第三天怎么样呢?"

"我想,无论如何我都得写写枪乌贼的事。我在病房的时候就很想写,所以悄悄拿出了笔记本。在回家的公交车上,我也很兴奋。所以,那天我写得很快。"

"原来如此。也就是说,你如果有想写的内容,就能愉快地写下去,对吗?"

"嗯。"

"反过来说,如果没有想写的内容,写起来就很费劲。"

"没错,就是那种硬着头皮写的感觉。"

"可是,既然要持续写下去,你不想每天都愉快地写吗?不管有没有想写的内容……"

"嗯,理想的状态是这样,但我做不到每天都愉快地写呀。"

"为什么?"

"呃,因为我本来就不喜欢写东西。"

"那样的话,答案很简单,那就让自己变得喜欢写吧。"

"啊?"

"每天都要做自己不喜欢的事情，会很不耐烦的，是吧？既然如此，那就让自己喜欢做吧。我想，没有比这更简单的事情了。"

"啊……大叔，您没事吧？您在说什么呢？"

"章鱼小弟，你一定会喜欢写作的。至少，我有方法能让写作变得有趣。"

"您有能让写作变得有趣的方法？"

"是的，我们来谈谈这个吧，关键词是表现力。"

大叔说完，就钻过写着"禁止进入"的警戒绳，走到了红珊瑚森林里面。

"啊！不能进去！会出不来的！"

大叔不理会我的呼喊声，径直向着森林深处走去，他的贝壳不时撞在珊瑚上。

增加词汇量

"大叔,您说关键词是表现力,是指我的文章写得不好吗?"

"不不不,我不是这个意思。表现力,是和自由相关的一个词。"

"和自由相关?表现力?"

"没错。这样表示的话,你更容易明白。"

大叔说完就转过身来。我仔细一看,贝壳的另一侧挂着很多画画的工具,有画笔、画布、素描本、彩色铅笔、蜡笔,还有多种颜色的喷雾颜料等。

"这是什么?"

"对我来说,它们是很重要的工作用具。"

"工作用具?大叔,难道您是画家?"

"哈哈哈,没那么了不起啦,顶多算涂鸦吧。"

大叔拿出素描本,递到我手里。

"那我来问你个问题吧。章鱼小弟,现在请你用彩色铅笔把看到的风景画出来。"

"嗯。"

"这里有10色的和100色的,你会选择哪种彩色铅笔呢?"

"我选100色的。"

"为什么?"

"因为颜色越多越好嘛。颜色多,能画得更准确,或者说能画得更漂亮。"

"没错。先不说和画画拿不拿手有没有关系,能

用的颜色越多越好。颜色越多，表现力就越强。"

"嗯。"

"换句话说，就能变得更自由。"

"变得更自由？"

"是呀。如果颜色少，就画不出心中的样子，就不得不在某些地方有所将就或舍弃。与此相对，如果有很多种颜色，就没必要将就或舍弃，就能按照自己心中所想自由地挥洒。"

"有道理，原来是这样。"

"词语的运用也是如此。我们在对某个事物进行描写的时候，能使用的'颜色'越多，表现力就越强。能使用的'颜色'，也就是能使用的词语。"

"能使用的词语？"

"也就是词汇。掌握的词语越多，能使用的词语就越多，文章就越显得丰富多彩。而且，词语的彩色铅笔不仅有成千上万种颜色，还有无限种组合形式。"

"嗯，好像确实有很多。"

"比如，你刚才提到了'很多'这个词。如果从下面这些彩色铅笔中选择的话，能展现出不同的景象呢。"

众多　海量　盈千累万　许多　应有尽有　大量　超级多　不计其数　好多　一大堆　丰富　诸多

多得冒尖儿　车载斗量　汗牛充栋　铺天盖地　无所不有　层见叠出　举不胜举　浩瀚　堆积如山　俯拾皆是　过江之鲫　绰绰有余

不可胜数　多得不得了　用之不竭　相当多　要多少有多少　真不少　非常多　良多　成千上万　多得没边儿　许许多多　车载船装

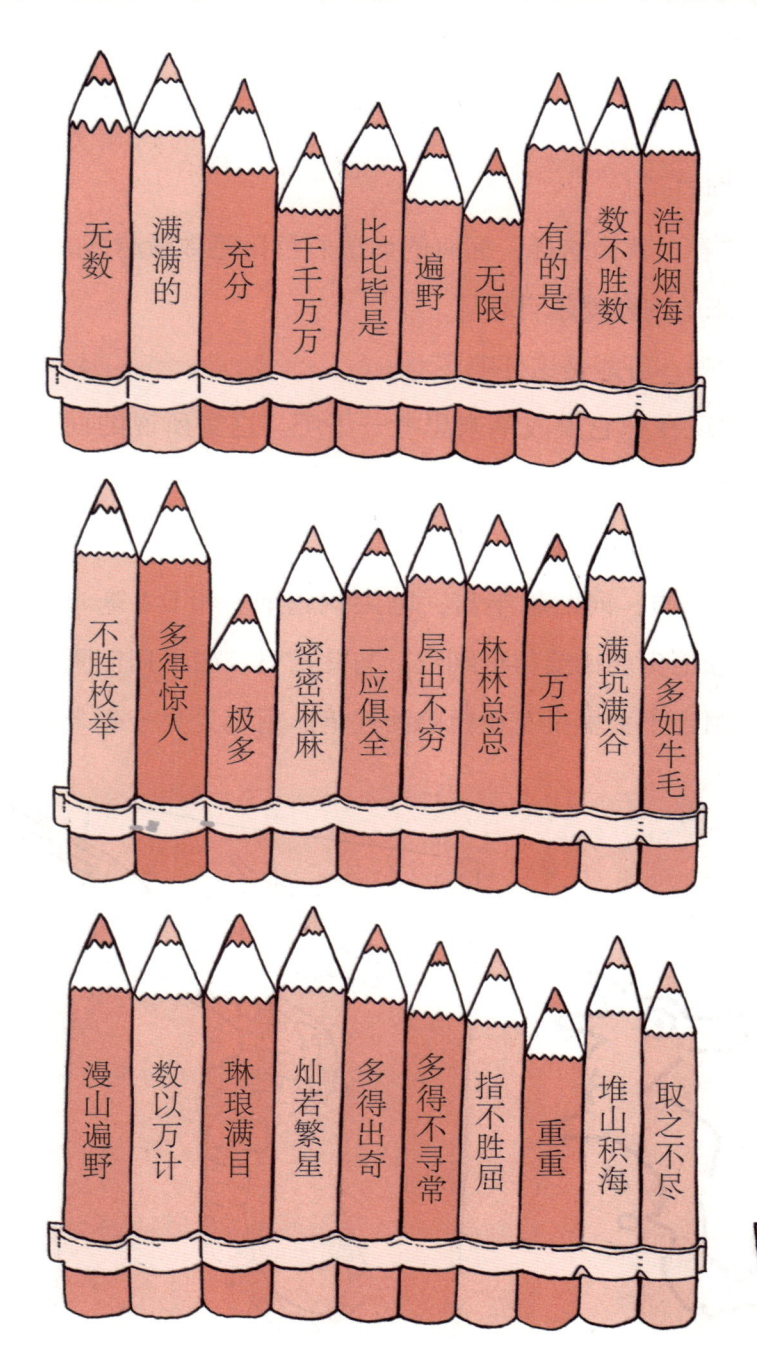

无数　满满的　充分　千千万万　比比皆是　遍野　无限　有的是　数不胜数　浩如烟海

不胜枚举　多得惊人　极多　密密麻麻　一应俱全　层出不穷　林林总总　万千　满坑满谷　多如牛毛

漫山遍野　数以万计　琳琅满目　灿若繁星　多得出奇　多得不寻常　指不胜屈　重重　堆山积海　取之不尽

无穷无尽

"哇！"

"看，就像这样，拥有的词语彩色铅笔数量越多，写出来的内容就越有趣。"

"嗯，可能是这样吧。"

"现在把它换成笔来思考一下吧。这里所说的词汇，代表着笔尖的粗细。"

"笔尖的粗细？"

"是的。词汇越丰富，笔尖就越细。用 0.1 毫米的超细笔尖能描绘得很细致。与此相对，如果词汇匮乏，相当于手里只有粗粗的油性笔。用笔尖为 5 毫米

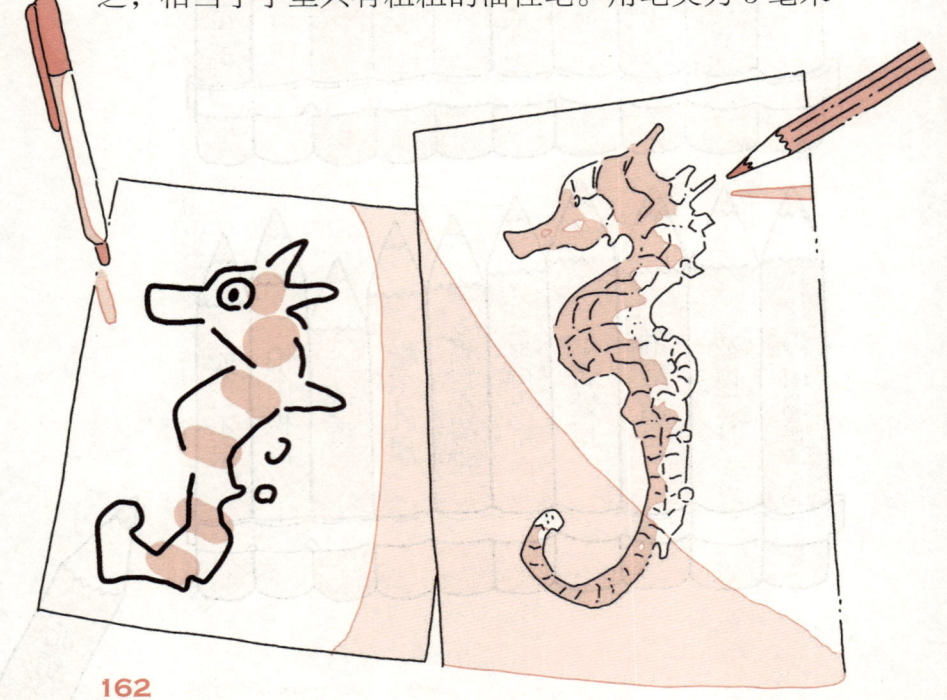

或10毫米的油性笔，无法描绘出细致的线条，只能画出粗线条的画。"

"嗯……粗笔不好用，这个我也清楚。"

"当然，这儿说的只是工具。真正的表现力，还在于别的方面。但是，先把工具准备好，这是我们容易理解的目标，是吧？"

"可是，怎样才能增加词汇量呢？还是要多读书或者查字典吧？"

"没错，读书和查字典很重要。但是说到词汇，光知道是没有意义的，必须会'使用'才行。"

"使用？"

"也就是说，即使拥有了100色的彩色铅笔，不去使用的话，也是没有意义的。就像在学校里学习功课，光记住是不行的，一定要学以致用。"

"那么，我该如何学会使用词汇呢？"

"实际去用。比如读书的时候，不但要用眼睛看，还要读出声来。这就相当于同时去阅读和运用，是不是？听广播或有声书也行。耳朵听到的词汇会以声音的形式进入大脑。所以，读出声来有助于我们使用词汇。"

"要是不使用，词汇量就不会增加？"

"我是这样认为的。所以，虽然喜欢看书的文学社的学生知道很多词语，但出人意料的是，话剧团、广播部的学生往往掌握更丰富的词汇量。因为后者不仅阅读，而且会实际运用大量的词语。"

透过慢镜头观察世界

"嗯，这样就能让写作变得有趣吗？"

"会渐渐变得有趣。比如真心觉得电子游戏好玩儿，也是熟悉了游戏规则和玩法，在一定程度上玩得得心应手之后吧？"

"嗯。"

"与其说是因为玩得得心应手而觉得好玩儿，不如说是因为能做到的事情变多了而觉得好玩儿。"

"能做到的事情变多了？"

"是的。因为熟悉了游戏规则，记住了操作窍门，于是能毫不费力地躲开敌人的攻击、打败敌人，所以会觉得玩电子游戏好玩儿。不管学习功课、做运动，还是学习某项才艺，都是一样的。只要能做到的事情变多了，就会觉得有趣。在能做到的事情较少的时候，很难体会到其中的乐趣。在写作这件事上，通过提高表现力让能做到的事情明显增多，写作时就能更加从容。"

玩电子游戏这个比方，我完全懂。小学时，我学过弹钢琴，但总也弹不好，学了不到半年就放弃了。而教钢琴的章鱼老师能熟练地弹琴，弹得如行云流

水般潇洒自如。写作这件事，也能变成那样吗？

"大叔，您的意思是让我多多增加词汇量？"

"不，词汇量不过是彩色铅笔的数量。使用彩色铅笔时，笔法也非常重要。"

"笔法是什么？"

"时间。"

"时间？您是说要慢慢写？"

"慢慢写当然很重要，这儿说的是流过文章本身的时间。现在，我们再把第一天的日记和第三天的日记比较一下吧。章鱼小弟，第一天的日记，你想写的是'那天的记录'，是吧？从早上开始按顺序记录那天的事情，还把回家后的事情也写了下来。"

"嗯。"

"与此相对，第三天的日记则完全不一样。"

"嗯，我写的基本都是在医院的事情。"

"那请你回想一下，你在枪乌贼的病房里大约待了多长时间？"

"待在病房里的时间？嗯，我是中午前到的，一直待到枪乌贼的午饭被送过来……一个小时左右吧。"

"肯定是这样。可是，仅仅一个小时内发生的事情，你在日记里却写了这么多。"

"嗯。"

"与此相对，第一天的日记怎么样呢？同样是一个小时内发生的事情，但你基本上写个两三行就结束了，是吧？"

"啊……确实是。"

"这就是写日记时容易掉进去的陷阱。不管想写什么，短短几行就结束了。虽然打算好好写日记，却只写个三言两语就结束了。比如：'我去了学校。音乐课很有趣。我回家后玩电子游戏。我吃了晚饭，又玩了会儿电子游戏。'"

"没错，暑假日记就是这样的。"

"这就是'慢镜头下的文章'和'快镜头下的文章'的区别。"

"慢镜头下的文章？"

"比如说，夏天你吃雪糕这件事。一般会写成：**'我吃了雪糕。'** 或者扩写成：**'因为很热，我吃了海葡萄雪糕。'** 然后就结束了。"

"嗯。"

"但实际上，这个场景有很多个具体的画面呢。"

①感到很热

②走到冰箱前

③从冰箱里拿出雪糕

④撕开包装袋

⑤热切地看着拿出来的雪糕

⑥猛咬一口

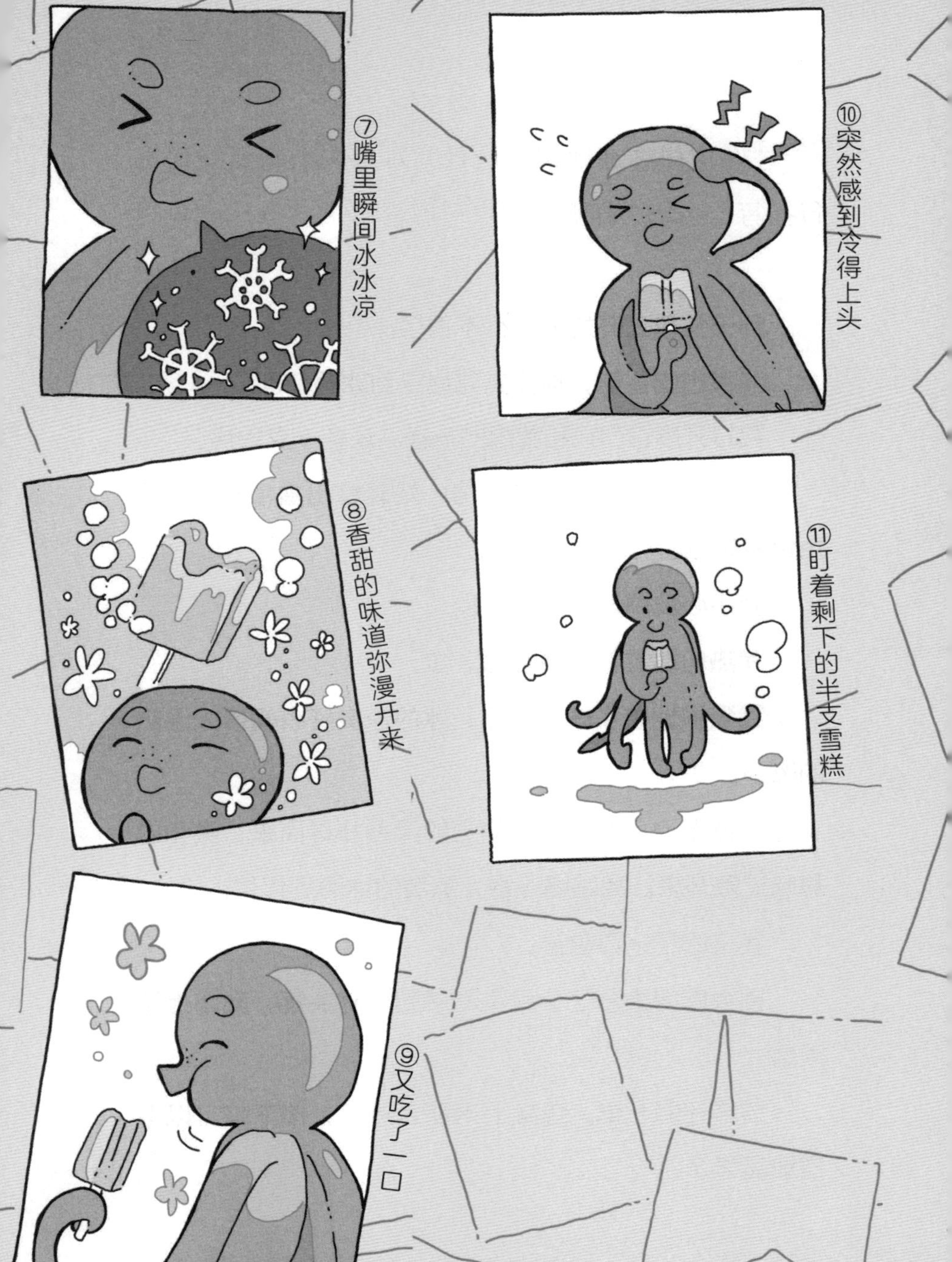
⑦嘴里瞬间冰冰凉
⑧香甜的味道弥漫开来
⑨又吃了一口
⑩突然感到冷得上头
⑪盯着剩下的半支雪糕

"像这样细细地切分场景，对每一个画面分别进行描写，会怎么样呢？试着写写看吧。"

那天从早上开始就热得不得了。

我很想吃雪糕，摇摇晃晃地走到冰箱前面。

我打开冰箱门。和我想的一样，还有一支雪糕。

哇！我做了个胜利的姿势，轻轻拿出雪糕——用绿色包装袋包着的海葡萄雪糕。

我小心翼翼地撕开包装袋。

我热切地看着翠绿色的雪糕。

我狠狠地咬了一口雪糕，冰的凉爽感瞬间传入温热的嘴中。

我慢慢地品尝着，海葡萄的清香扑鼻而来，柔和的甜味扩散开来。我咕咚一吞，凉爽的冰滑到胃里。

我又吃了一口雪糕。

因为吃得太急了，我突然感到一阵头疼，就闭上了眼睛。

雪糕还剩一半。我身上不那么热了，接下来可以慢慢地品尝了。

"你看,都是写吃雪糕这件事,但完全不一样,是吧?"

"不一样,完全不一样。"

"而且并没有写得很夸张。真实的感受,可以用慢镜头更细致地表达出来。我们内心的感受多得惊人,只是往往意识不到罢了。"

"大家都这样写吗?"

"没错。章鱼小弟,你读过这篇文章吧?"

不才是海胆。大名嘛,还没有。我是在哪里出生的,已无从考证,只依稀记得在一处阴暗潮湿的地方啾啾哭过。也是在那里,本海胆第一次见识到"章鱼"这种东西。后来我才知道,我所见到的章鱼,还是章鱼中最为凶残的种类——读书人。听闻那群读书人常常把我们捉去煮了吃。不过,彼时我还不懂事,全然不知道害怕。只记得被他托在手掌上,忽地举高了——我顿时感觉轻飘飘的。我稍稍安定之后,定睛细看,瞧见一副读书人的面孔。那应当是我头一次见到章鱼这种生物。那种奇怪的感觉，本海胆至今依然记得。不说别的，就说那张本该长满刺的脸吧，上面竟然光溜溜的，活像个大茶壶！

"啊，这个我知道。"

"这是著名的《我是海胆》*的开头。虽然写了这么多，但仔细读来，其实只是描写了'我出生后第一次被一只章鱼拎起来，看到了章鱼的脸'这样一个短短的场景。但因为是用慢镜头的笔法写的，所以内容丰富又有趣。"

"真的呢，真的呢。这样我就明白了。"

"用慢镜头去观察这个世界，用慢镜头重现当时的情景。只要做到这一点，文章的表现力就会完全不同。实际上，章鱼小弟，你第三天的日记突然变得有趣了，就是因为你用慢镜头的笔法去描写了病房里发生的事情。"

---

* 源自日本作家夏目漱石的代表作《我是猫》。

让语言之网更加细密

"那我第一天的日记……"

"几乎没有慢镜头,是一篇快进的文章,整体上用了三倍速或者五倍速镜头。"

"怪不得呢。"

"当然也有完全适用于三倍速或者五倍速镜头的场景,因为不可能所有的场景都用慢镜头。但是,哪怕只对其中一个场景用慢镜头进行描写,就可以有效地提升表现力,用词也会更加准确;再用丰富的词汇来表达的话,文章就会变得非常棒。"

"确实如此!大叔,您刚才说的慢镜头这种笔法,我完全懂了。"

"是呀。就算别人对你说'认真去写吧',自己也不明白该怎么写。但如果别人对你说'用慢镜头去写吧',就容易理解了,是不是?"

"像刚才那篇写吃雪糕的文章,我也能写出来吗?我觉得不论什么,自己都是用五倍速去看呢。"

"不不不,那样的话,顺序就反了。我们不可能一开始就拿着慢镜头相机,只有在想写下来的时候,才会用上慢镜头相机。"

"想写下来的时候?"

"比如,我们走在红珊瑚森林中。你可能因为专心致志地走路,做不到仔细观察每一簇红珊瑚。我在专心致志地说话的时候,也只会把红珊瑚当作障碍物。但实际上,红珊瑚的色泽以及枝条的形状、拂过脸颊的温暖海水、射下来的阳光……我们应该都看到了,也感受到了,虽然我们自己没意识到。"

"嗯。"

"但是,在我们想把这片森林写下来的时候,就转换成了慢镜头。来,请怀着想写下来的念头走一走吧,哪怕一分钟也行。"

红珊瑚森林比我的个头还要高出许多。

红珊瑚是红色的,不,是和寄居蟹大叔的壳有些相似的粉红色。

地面坑坑洼洼,会游泳的我不受影响,但大叔走起来有些费劲。大叔的壳有好几次刮到珊瑚枝,咔嗒咔嗒响。

大叔为什么不顾在这里走路这么费劲,把我带到这里来呢?

透过珊瑚枝条间射下来的阳光在脚下闪闪烁烁。

在珊瑚枝条间游来游去的小丑鱼们很可爱。

"真的呢。以前我在生活中简直对什么都视而不见呢。"

"我们会看到很多、听到很多、感受到很多事物,但绝大部分从我们的意识中溜走了。能捕捉住这些'溜走的感受'的,就是语言之网。"

"用语言之网捕捉感受?"

"啊,这一点和以前我们讲过的'太急于形成语言'是相关的。章鱼小弟,你读《游吧!梅洛斯》时,虽然心里有很多感受,却只能写出'很感动'这样的话。写完之后,你才意识到'不是这样的,我还有更多的感受',是吧?"

"是呀。我的读后感一直是那样。"

"那么,感受为什么会溜走呢?是因为你只是单纯地去读,只追故事情节而已。但是,你如果像刚才那样怀着想写下来的念头去读,就能捕捉到很多感受。"

"啊,原来是这样。要怀着想写下来的念头去读哇。"

"章鱼小弟,你在第三天的日记中巧妙地运用了慢镜头,语言之网也很细密。你觉得为什么会这样呢?"

"因为我和枪乌贼的对话很有趣?"

"不不不。你回想一下自己在病房里的时候,为了不忘记说话的内容……"

"啊,是笔记!"

"没错。因为你当时做了笔记,所以你的日记没有变成三倍速或五倍速,而是慢镜头下的文章。章鱼小弟，你现在带着笔记本吗？"

"没有……我把它一直放在书包里，忘了拿。"

"那用手机的记录功能也行。自己想到的只言片语、别人说的引起自己注意的话、自己留意到的风景、自己倾听到的声音……<u>如果养成随时记录的习惯，写日记就会变得有趣。</u>"

"为什么会变得有趣？"

"因为笔记是语言的存款。同样是去买东西，能用的钱越多越高兴吧？白天坚持认真记录，语言的存款就会增多。到了晚上写日记的时候，就能想用多少就用多少。"

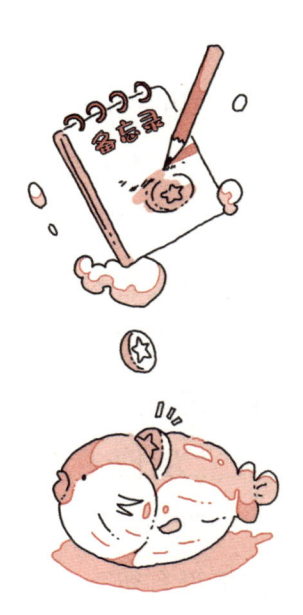

像写信一样做笔记

"原来是这样。'笔记是语言的存款。'大叔,您说得真好。我从枪乌贼的病房回来后,确实一心想着'快点儿把记下的内容用起来'。"

"用手机拍下自己留意到的风景,也是记录的方法之一。照片会帮自己想起那时的感受。"

"啊,对了!上课的时候也有同学不做笔记,而是把黑板上的内容拍下来,不过被老师看到会挨批。"

"呃,那样不好。不要通过拍照记录语言,还是手写记录比较好。"

"为什么?"

"古时候,有一个哲学家叫海格拉底[*],他一本著作都没有留下。他不仅不著书立说,还十分厌恶文字书写。"

"他觉得用文字书写太麻烦?"

---

[*] 源自古希腊哲学家苏格拉底。

"不，恰恰相反，他是觉得用文字书写太方便了。用他的话说，写就是'把记忆交给纸张'。只要写下来，就可以把它们忘记，因为纸张承担了记忆的功能。这样一来，人们会过于依赖纸张而不再动脑子。这是他的说法。"

"啊？听他这么一说，或许是这样呢。"

"把黑板上的内容拍下来，就是这么回事。因为拍了照片，所以感到很放心，会变得既不想去记住，也不想去思考。不进行任何思考只是记录下来，实际效果并不好的原因就在这里。拼命记笔记，几乎顾不上听讲，对老师讲的内容完全不进行思考。这样一来，虽然笔记本身记得很漂亮，但考试前就算重新去读笔记，也搞不明白自己写的是什么。"

"啊，我就是这样。"

"这样会出现两个问题。一个是上课时没有认真听讲，在完全不思考的情况下忙着记笔记。"

"嗯。"

"另一个问题是像复印机一样，把黑板上的内容照抄下来。"

"啊？难道做笔记不是照抄黑板吗？"

"章鱼小弟，你做笔记是为了考试前复习时方便翻阅吧？也就是说，是为未来的自己做笔记。这和写日记是一样的。笔记也有读者，就是未来的自己。"

"嗯，确实是。"

"也就是说，做笔记不是照抄黑板，而是给之后翻阅笔记的自己写信。"

"写信？具体应该怎么做呢？"

"不只是照抄黑板上的内容，还要在旁边写下自己的想法。"

"自己的想法是指什么？"

"比如数学课上，老师讲的某一部分内容自己听不懂。这个时候，要在抄下来的公式和算式旁边打上问号，这就是做了标记——这个地方没听懂。"

"嗯。"

"也就是说，考试前复习的时候，打问号的地方要重点复习。没有打问号的地方，应该都是自己已经明白的内容。再举个例子，在很有意思的话旁边画个叹号，然后写上自己的心得。只要加上这些标记，当你重新翻阅笔记的时候，你的理解程度就会很不一样。"

"哎，好有趣呀。"

"记事情也是一样的。章鱼小弟，现在你要拿出笔记本，把刚才的这段对话记下来，是吧？如果你只是把我的话抄写下来，以后再读的时候可能读不懂。你应该把自己当时的想法记下来，画上线，圈出来，标上问号和叹号，用种种办法来告诉未来的自己。"

"如果不考虑这么多，就会变成只是照抄笔记？"

"没错。像复印一样做的笔记，有可能让人搞不懂写了些什么，也可能让人产生错误的理解。写文章的时候，希望你能注意这一点。"

把大盘子里的菜分到小盘子里

"让人产生错误的理解?"

"对,错误地解读文章是很常见的。只要交流有接收者,引起误解的可能性就存在。但是,我们可以尽量减少误解。"

"怎么做呢?"

"我们是通过文章把自己的感受和想法传达给对方,是吧?"

"嗯。"

"如果传达给对方的感受和想法不是原本的面目,就会产生误解。"

"对,就是这样的。"

"那什么样的情况下,传达给对方的信息不是原本的面目呢?假设奶奶的生日到了,你想用快递给奶奶送去巧克力。这可是你最喜欢的、舍不得吃的巧克力。"

"嗯。"

"不过,你想到既然要发快递,只寄巧克力有点儿可惜。于是,你在快递箱里又放上了软糖、硬糖,还有你喜欢的海带脆。"

"呵呵呵。吃了甜食,兴许也想吃点儿咸的呢。"

"奶奶收到这份快递后,会有什么感受呢?她一定很高兴。可是,你原本'想让奶奶吃巧克力'的心意可能没办法正确地传递给她了。传递给奶奶的信息可能变成了'想让奶奶吃这种软糖'或者'想让奶奶吃很多种零食'等。巧克力被混在其他零食中,奶奶可能注意不到。"

"啊,有可能。"

"所以,向对方传达想法时,简单明了很重要。不要在箱子里放很多种零食,只送去巧克力,才能准确地传达你的心意。"

"有道理。"

"<u>用简洁的语言清楚地传达信息。</u>不要在一个大盘子里放很多种菜,容易串味儿。如果有很多种菜,那就分到不同的盘子里。这是对读者的一种体贴。"

"不同的盘子指的是什么?"

"指的是不同的话。假设你想表达 A、B、C 三个信息。如果在一段话中同时出现 A、B、C 三个信息，读者有可能会混乱。"

"给举个例子？"

今天，我坐公交车去学校，可是在校门口附近看到了飞鱼。我突然感到很害怕，害怕得下不了公交车。于是，我和旁边座位上的金眼鲷婆婆一起坐到了终点站——市民公园站。

"假如你在日记的开头写下了这段文字。虽然知道你在说什么，但不太容易理解你的意思，不好抓重点。这就像一个大盘子中装了很多种菜。所以，我们把这段话像这样切分一下。"

今天，我坐公交车去学校。

在校门口附近，我看到了飞鱼。

我突然感到很害怕。

我下不了公交车。

于是，我一直坐到了终点站——市民公园站。我旁边的座位上坐着金眼鲷婆婆。

"怎么样？这个怎么样？"

"嗯，清楚多了。虽然有点儿不自然，但是简单明了。"

"是的。切分到这种程度，话会显得不太自然，给人很幼稚的感觉。但是，信息变得简单明了之后，会容易传达给对方，是吧？"

"嗯，是容易传达给对方，因为全都分到了小盘子里。"

"在一句话里只写一个信息。把多个信息分成多个句子，一个一个地去传达。这样的话，就能减少很多误解。"

我和大叔就这样边走边聊，不知不觉就走出了红珊瑚森林，视野变得开阔起来。

这个和什么相似呢？

"来，这个地方我很喜欢，这也是我今天想带你来看的景色。"

穿过红珊瑚森林，前方有风景在等着我们。那是一片无边无际的大草原，草原上铺满了绿色、粉色、黄色、紫色……五彩缤纷的草原轻轻摇曳、闪闪烁烁，美得宛如梦境一般。

"哇！这是什么？！"

看到我想要飞奔过去、投身其中，"危险！"大叔大喊一声制止了我。

"不能靠近。这些都是海葵，有毒！要是不小心碰到了，可不得了。"

"海葵?这么美丽的草原?"

"章鱼小弟,在你居住的地方,大人是不是不让孩子进入红珊瑚森林?那肯定是为了不让你们靠近森林尽头的这片海葵草原,这是在保护你们呢。"

"嗨,别管那些了。我从没见过这么美的景色呢。太棒了!真是太棒了!"

"我为什么带你来看这片海葵草原,你明白吗?"

"因为您喜欢这片风景?"

"我当然喜欢这片风景,也想让你看一看。但不只是因为这个,我还希望你能知道怎么去描写美丽的景色。"

"啊?好过分哪。您是为了让我写日记才带我来这里的?"

"哈哈哈。不也挺好吗?章鱼小弟,你会用什么语言来描述这片景色呢?请想一想吧。"

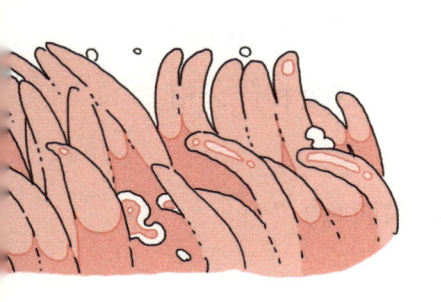

"哎呀,我只能说出'好棒啊''好美呀'这样的话。我或许还会写出海葵的颜色和海葵摇动的样子,但我的感受就是'好棒啊''好美呀'。我觉得我说不出其他话来。"

"在这种时候,试着想一想:'这个和什么相似呢?'你肯定会发现'好棒啊''好美呀'后面的真实感受。"

挖掘自己独有的主题

"真实感受?"

"当然,'好棒啊'也是你的真实感受。但是,你看手机时感到的'好棒啊',和现在看到海葵草原时感到的'好棒啊',应该不一样吧?现在你感到的'好棒啊',应该是比较特别的吧?"

"嗯,和其他的'好棒啊'不一样,完全不一样。"

"可是你用语言表达的时候,却只会说'好棒啊'这样的话。这种时候,希望你想一想:这个和什么相似呢?"

"啊?是要找和海葵草原相似的东西吗?"

"不不不，是要找和你现在感受到的'好棒啊'相似的'好棒啊'。"

"嗯？什么意思？"

"章鱼小弟，我想在以前的生活中，你肯定有过很多次感动的经历吧。就像看了某部电影深受感动，得到别人的帮助从心底里感激对方，读漫画时哭得稀里哗啦，等等。相信你有很多次感到'好棒啊'。"

"嗯，那倒是。"

"在这些经历中，哪种感动和你现在看到海葵草原时'好棒啊'的感受最相似呢？"

"啊？和现在相似的感动？我不知道。我说过，这样的风景，我是第一次看到嘛。"

"不必限定于景色。就像吃了好吃的东西呀，解开了一直解不开的题目哇，在美术馆看海加索的《格尔尼海》*呀……这样的感动也行。"

"呃，有点儿难。我把这个留作作业行不行？"

"那来思考一下别的场景吧。之前和你说过话的金眼鲷婆婆，你还记得吗？"

---

*源自西班牙画家、雕塑家毕加索的油画《格尔尼卡》。

"当然记得。"

"金眼鲷婆婆和你说话的时候,你有什么感受?"

"嗯,我觉得很高兴、很温暖。"

"那种高兴、温暖和其他什么情况相似呢?请回想一下当时的你吧。"

"嗯……当时我整个身体都僵住了,肚子一阵阵难受。金眼鲷婆婆说的话,让我一下子放松了,身体也变得柔软了。"

"嗯,很好。"

"要说和什么情况相似,就像在寒冬的早上喝了一碗热汤吧?汤的温暖慢慢传到腹部,化作一股暖流流遍全身。嗯,和这种感觉很像。"

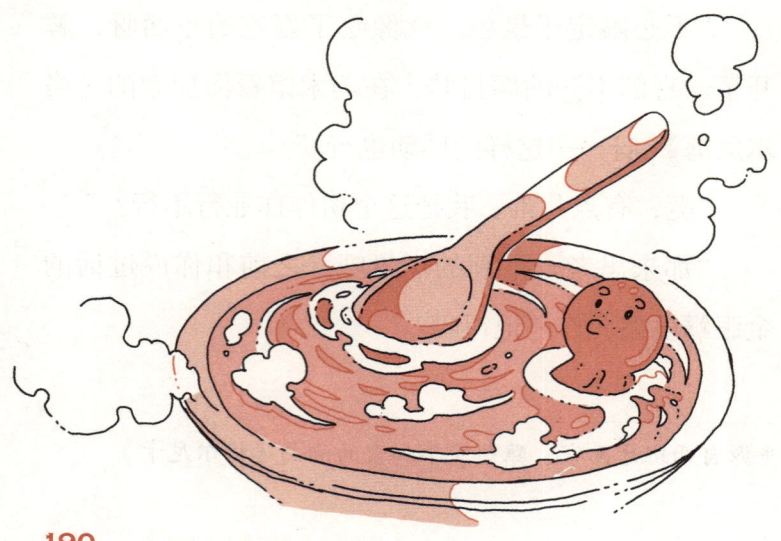

"啊，真不错呀。金眼鲷婆婆说的话就像冬天早上的一碗热汤，共同点都是温暖，对吧？"

"嗯，温暖……不，虽然有这个共同点，但我觉得只用温暖来形容还不够。"

"怎么个不够呢？"

"嗯，说得夸张一些，在那之前，我觉得自己难受得要命，全身僵硬，简直喘不过气来，这一点和寒冬的早上倒是一样。金眼鲷婆婆说的话让我觉得自己被拯救了……"

"不着急，慢慢想。"

"对，就像一种'分享给我'的感觉。"

"分享给你什么呢？"

"也许是温暖吧，或者是金眼鲷婆婆的体温……嗯，分享给我温暖，或许是最相近的说法。不论金眼鲷婆婆说的话，还是寒冬早上的热汤，对我来说，都让我感到心灵被拥抱，都让我分享到温暖。"

"太棒了！你说得太好了！那请你用'拯救我的那句话'作为题目，写下那天公交车上的经历吧。"

"题目？"

"对，也可以说是主题。喏，就像你以前说的那样，小学时的作文不是都有'记一次郊游''难忘的一件事'这样的题目吗？可日记却没有题目。于是，大家都把写日记定义为记录那一天发生的事情，只是用它来记录生活。"

确实像大叔说的那样，写日记最苦恼的就是没有定好的题目。正因为写什么都可以，结果反而不知道该写什么。

"所以，最好给每天的日记设定不同的题目。金眼鲷婆婆和你说话，让你感到很高兴、很温暖。那就挖掘这些感受，写一篇以'拯救我的那句话'为题的日记，朝着'和身陷痛苦的人说说话，把温暖分享给他'这个答案去写吧。"

探险地图在哪里？

"等等，等等，请等一下。您说得太复杂了，我脑子又乱了。首先要思考相似之处……"

"顺序很简单。首先去思考这个和什么相似。跟金眼鲷婆婆在一起的感觉，和寒冬早上喝下热汤很相似，是吧？接着去思考哪里相似。这时候，第一次出现了温暖这个词。然后，在继续挖掘感受的过程中，看到了更具体的分享温暖这个关键词。"

"嗯。"

"和身陷痛苦的人说说话，就是拥抱他的心灵，把自己的温暖分享给他。对方会被小小的一句话拯救。这样的暖意，温暖了他伤痛的心。这不是很了不起吗？我想，你如果只是去想金眼鲷婆婆本身，是很难得出这些答案的。"

"是不会得出这些答案……"

"写读后感的时候也一样。你读《游吧！梅洛斯》时深受感动，甚至激动得流泪。思考一下这种感动和什么相似，从过去的记忆中寻找相似的经历。比如说，你发现这很像以前看漫画《游泳高手》*时的感受。"

"《游泳高手》！大叔，您也看过吗？"

"对呀，很有趣的漫画嘛。当你找到相似的感动

---

*源自日本漫画家井上雄彦的作品《灌篮高手》。

之后,接着再思考哪里相似。哦,原来是这样,比如找到友情这个关键词。然后继续思考……像这样找到的答案,就是你独有的感悟。虽然大家读的都是《游吧!梅洛斯》这本书,但你能根据自己独有的感悟写出不一样的读后感。"

"那么,关于这片海葵草原,也用相同的步骤去思考、去写就行吗?"

"是的。首先,去回想和现在感受到的'好棒啊''好美呀'相似的感受。接着,去思考哪里相似,一次又一次地思考,直到自己满意为止。这样一来,就不只是'好棒啊''好美呀'这些话,而会得出你独有的答案和主题。"

"可是,保持'好棒啊''好美呀'这样的想法不行吗?为什么要费尽周折地挖掘自己、寻找主题呢?"

"这么做是为了潜入心灵迷宫,找到自己前进的道路。"

"前进的道路?"

"今天我们聊的词汇、慢镜头的表现力,是让我们在心灵迷宫中能自由探险的宝剑。有了这样的宝剑,我们就能毫无畏惧地前行。而且,从相似的感受

中挖掘出的主题，是指明自己前进道路的探险地图。探险的话，离不开地图吧？章鱼小弟，今天你把宝剑和地图这两样东西都拿到了。"

　　大叔没有在红珊瑚森林中迷路，可能是因为他知道自己前进的道路吧。他在迷宫一般的森林中自由自在地探索。我也能像他这样潜入自己的心灵迷宫，找到自己前进的道路吗？

　　闪闪烁烁的海葵草原，令人炫目。

章鱼小弟的日记

约定的第四天　9月10日（星期日）

寄居蟹大叔带我去了红珊瑚森林。

这是我第一次走进这片森林。不管在学校还是在社区，大人总是一遍遍地说不能进入这片森林。

我回头一看，已经看不到森林的入口了。我想：要是在这里和大叔走散了，也许我就再也出不去了。

小时候，我以为红珊瑚森林是一个有妖怪出没的黑暗又危险的地方。但实际上，这片森林十分明亮，甚至可以说美丽得耀眼。粉红色的珊瑚枝向四处伸展着，透过枝条间射下来的阳光闪闪烁烁。地面凹凸不平，小丑鱼们在珊瑚丛中游来游去。

"啊，我们到了。这就是我想带你来看的景色。"

走出红珊瑚森林，我们眼前出现了一片无边无际的大草原。草原上色彩缤纷，有红色、绿色、粉色、黄色、紫色……各种颜色层层叠叠地交织在一起，随着洋流轻轻摇曳。

我忍不住想要跑过去，投身其中。"危险！"大叔大喊一声制止了我。原来这些全是有毒的海葵。我差点儿投身于危险的海葵草原之中。这梦幻般的情景，和什么相似呢？

我小时候听过海葵的传说。

在这片大海的某个地方，有一座闪闪发光的海葵城堡。禁不住美景的诱惑，迷路的鱼儿们进入了城堡。在这里，他们被迫喝下麻药，然后被关了起来。为了营救鱼儿们，勇敢的小丑鱼只身前往城堡。小丑鱼是在海葵村中出生、长大的，他丝毫不怕麻药。他给被关押的伙伴们吃了解药，把他们平安带了出来。

小时候，我觉得很不可思议——鱼儿们为什么要去海葵城堡呢？

现在，我明白了。

曾经有一次——只有一次，我望着闪闪烁烁的海面，心想：干脆就让我这样消失吧……当

时，我误把寄居蟹大叔的壳当成了岩石，躺在上面。当时，我为很多事情烦恼，有在学校里被欺负的事情，有被迫作为运动员代表宣誓的事情，有担心在全校师生面前出丑的事情，有填报毕业志愿的事情，有一出生就是章鱼的事情……我的脑子里一片混乱。

为了逃离黑暗的现实生活，我来到公园，获得了片刻的安静，看到了闪烁的阳光。于是，我萌生了去"那边"的想法。我想放弃不见一丝光亮的这个世界，去"那边"。所以，当时的我真想就那样消失呀。

海葵轻轻摇曳着，好像在冲我招手。

"别在凹凸不平的岩石上待着了，下来吧，来这儿吧。"

"你已经很累了吧？来这柔软的床上歇歇吧。"

它们好像这样说着。

好可怕呀！过于美丽的东西，让我的心迷失了。

"我们差不多该回去了。"

寄居蟹大叔沉稳的声音让我回过神来。我一看，大叔已经走进了森林。我们只要笔直地穿过森林，前面就有现实生活在等着我们。这个星期天即将结束，我们的归处只有一个。想到这儿，我急忙去追大叔。

约定的第五天　9月11日（星期一）

从早上开始，大家都心神不宁的。今天，大家要利用第五节课和第六节课的时间去看望枪乌贼。不知道消息是怎么传开的，枪乌贼可能要再做一次手术的事情大家都知道了。

"这样的话，枪乌贼肯定不能参加体育节。就算出了院，他也得坐轮椅。"虎鲨用冷冷的口气强调着"肯定"这个词，仿佛下了结论。听到他的话，飞鱼显得有些不安。

吃完午饭，午休时间结束后，螃蟹老师带大家去了医院。不管是上公交车，还是从公交车站走去医院的路上，虎鲨都走在男生们的最前头。飞鱼凑在虎鲨的跟前，和他说笑着。

螃蟹老师推开病房门时，枪乌贼看上去有些吃惊。虎鲨、飞鱼和其他同学陆续走了进去，病房里一下子挤得满满当当的。

"这次真是不得了。还疼吗？"

听到老师的话，枪乌贼摇摇头，接着说："现在还没放学吧？大家不用专门过来呀。"

"是还没放学，但大家都很担心你呀。"

女生们都使劲点点头，其中有人问枪乌贼："手术顺利吧？"

"刚才我问主治医生了，他说下周能出院。"枪乌贼补充道，"前提是康复训练进行得顺利。不过，如果需要再做一次手术的话，住院时间可能会延长。"

"我正想和你商量一下呢。这只是我的提议而已。"螃蟹老师回头看了我一眼，接着说，"枪乌贼同学，运动员代表宣誓还是你来吧？你不能参加接力赛了，那就代表运动员进行宣誓吧。怎么样？"

"好哇！""好哇！"周围的人一阵欢呼。河豚一拍手，大家都跟着鼓起掌来。海鳝拍拍我的后

背，使劲点点头，好像在说："这样不是挺好吗？"

"小……章鱼小弟也同意这样做吗？"

听到枪乌贼的话，螃蟹老师"哦"了一声，大声对我说："对了，章鱼小弟，这样安排可以吧？既然现在情况是这样，你就交棒给枪乌贼吧。"

虽然这是螃蟹老师第一次问我，但是我没有任何拒绝的理由。我甚至觉得，一开始就应该这样安排。我默默地点了点头。

枪乌贼看了看我，突然说道："小章，咱俩一起宣誓吧。"

病房里变得鸦雀无声。不管是枪乌贼的提议，还是小章这个称呼，都完全出乎大家的意料。

"哈哈哈……你……哈哈哈！"

"我没有开玩笑。"看到螃蟹老师想用笑声把自己的提议搪塞过去，枪乌贼清清楚楚地说。

"啊……那个嘛，倒是没关系。不过运动员代表宣誓……"

"并没有规定只能一个人进行宣誓吧？再说，如果还要做手术的话，我就参加不了体育节。"

飞鱼瞅着我，那神情就像在看攀附在岩石上的藤壶。接着，他用鼻子哼了一声，然后贴在虎鲨的耳边说起了悄悄话。

"我会努力，争取顺利出院。运动员代表宣誓的事情，请您和年级主任帝王蟹老师商量一下吧。"

一脸困惑的螃蟹老师示意大家该回去了。女生们纷纷挥手告别，对枪乌贼说"加油""等你回来"，男生们大多态度冷淡地走出了病房。

枪乌贼为什么要在大家面前叫我小章呢？为什么说要和我一起进行运动员代表宣誓呢？回家后，我还是不断地在想这些问题。我有一种不好的预感。

约定的第六天　9月12日（星期二）

"喂，章鱼小弟，昨天的小章是怎么回事？"

早上我一到教室，飞鱼就缠上了我。我告诉他那是我小学时的外号。

"哦。那个家伙为什么突然叫你小章呢？还说什么你俩一起进行运动员代表宣誓。"

那个家伙？他在说枪乌贼吗？在这之前，我还从没有听过飞鱼把枪乌贼叫那个家伙呢。在教室的另一头，虎鲨他们一边瞅着我们这边，一边嗤嗤地笑着。

"我不知道枪乌贼为什么那么叫我。运动员代表宣誓的事情，就像他说的，是因为他不知道自己能不能参加体育节吧。"

飞鱼一脸不满地敲敲我的桌子，然后回到了自己的座位上。"算啦，算啦。"安静的教室中，响起了虎鲨安慰飞鱼的声音。

这一天，从早上到放学，教室里的气氛一直怪怪的。

寄居蟹大叔说过，观察很重要。他说，只有认真观察，才能写出慢镜头下的文章。

我从今天开始，不，大概从昨天开始，就一直在观察飞鱼，观察他的变化。然后，我明白了一件事——飞鱼是无论如何都需要依附老大的类型。

在枪乌贼受伤前，枪乌贼是班里的老大，所以飞鱼只要跟在枪乌贼身边就行。飞鱼习惯了老二的位置。枪乌贼一住院，飞鱼感到没有依靠了，自己的位置危险了。于是，他转头力挺虎鲨。虎鲨就这样成了班里的老大，飞鱼再次坐到了老二的位置。也许再过几天，班里奇怪的气氛就会消失，连老师也会认为虎鲨是班里的老大。至少，在枪乌贼回学校之前会是这样。

　　说起来，当时出主意让大家选我当运动员宣誓代表的人也是飞鱼。枪乌贼后来回想起那天的班会时，说他不好逆着当时的形势。看来左右班里局势的，不是班里的老大，而是班里的老二。

　　回到家吃过晚饭后，我在房间里玩起了《闪电足球队》的电子游戏。虽然我不擅长运动，但我喜欢玩以足球为题材的电子游戏。我想，枪乌贼出院后，也许我们能一起玩电子游戏呢。

　　玩电子游戏的时候，我的手机不断提示收到了新信息。班级聊天群里，大家就算聊得热火朝天，顶多十分钟后就会安静下来。但今天已经过去三十多分钟了，手机信息还一直响个不停。发生了什么事？我打开手机，映入眼帘的是好多条带着"章鱼小弟"字眼的信息。

　　"章鱼小弟，真的没事吗？"

"章鱼小弟，多加小心哪。"

"肯定是那个家伙。"

"章鱼小弟，你在干什么呢？"

"还是和老师说一下吧。"

"我就觉得那个家伙最近怪怪的。"

"真是太让人吃惊了。"

"章鱼小弟，你快说句话吧，你这个傻瓜。"

我向上翻了几百条聊天记录，看到最上面有一张照片。照片上是正在公园里散步的我和寄居蟹大叔。是海鳝发的照片，他在信息里写道："和章鱼小弟在一起的，不就是那个危险的可疑者吗？"

"他的壳是粉红色的，和那个可疑者的不一样。"我只回了这么一句，就合上了手机。

已经过去将近一个小时了，手机又收到了几百条信息，而且还在持续增加……

第五章

我们
真正

写作的理由

无法对别人说的话，也无法对自己说

"好吧，从哪里开始说呢？"

寄居蟹大叔把日记读到最后，摘下老花镜说。

这一天，我请假没去上学。反正去了学校，我也逃不掉飞鱼他们的纠缠。他们会追问我寄居蟹大叔的事情、我逃学的事情。如果我的回答露出破绽，他们可能会告诉老师。

"章鱼小弟，你也知道那块警示牌吧？"

"嗯。"

"你早就知道了？"

"第一次见面那天，我在回去的路上注意到的。"

"那你为什么没有问我警示牌的事情呢？"

"因为……大叔就是大叔嘛。我想，您之所以会被怀疑，是因为一早就在公园里溜达。大家不了解您，但是我了解您。"

"谢谢啦。章鱼小弟，你很体贴。"

这一天，寄居蟹大叔没有告诉我目的地，带着我向大海深处走去。我想，肯定是为了避开众人的目光吧。大海深处，洋流变得和缓，但是阳光照不下来，水变得有些凉。大叔打算走到哪里去呢？我开始感到有些不安。

"不过，我希望你能说出来。"

"啊？大叔，我要是和别人说了，您会被抓住的。"

"嗯，是那样没错，但至少可以对我说吧？比如问问我：'公园的入口附近有这样的警示牌，是怎么回事？'说起来，你还没和我确认警示牌上写的是不是真的呢，是吧？"

"嗯，那倒是……"

"章鱼小弟，你知道吗？我们背负的那些无法对别人说的话，大部分也无法对自己说。"

"也无法对自己说？"

"对。你还记得未形成语言的泡泡吗？在我们的头脑中，那些没有形成语言的想法会骨碌碌地转

个不停。如果不用语言表达出来，那些转个不停的想法就不会明朗。但有时我们会犹豫——要不要用语言把这些想法表达出来？为什么会犹豫呢？因为一旦这么做，就意味着它们会变成现实。"

"什么意思？"

"**把那些想法用语言表达出来，就意味着原以为不用面对就能忽视的现实，现在必须去正视。**比如某人讨厌的样子、自己不堪的部分、自己的真实处境等等。"

"啊！"

"这一次呢，你因为害怕面对那个警示牌和我，所以不直接跟我确认，装作什么也不知道，只想维持现状。"

"不，不，虽然也许是这样，但我……"

"那让我来说吧。那个背着白色贝壳的寄居蟹就是我，我就是正在被追查的可疑者。我会很快离开这儿，去别的地方。"

"啊？！"

"让我告诉你是怎么回事吧。我来到这个城市后，和那些孤单寂寞的孩子搭话，就像当初和你交谈一样。其中，有些孩子进到了我的房子里。那些孩子离开后，对担心他们、四处寻找他们的家长说：'是寄居蟹大叔邀请我进去的，我在比大海还要广阔的房子里玩来着……'就这样，一不留神，我被指认为可疑者了。"

原来如此。我发现自己终于完全明白这一切了。我没和爸爸妈妈说寄居蟹大叔的事情，不是因为我逃学，也不是因为那块警示牌，而是因为我没有信心能解释清楚大叔那比大海还要广阔的房子。因为我知道，说出来也没有人会相信，只会引起风波。

"大叔，您要走了吗？"

"过段时间再说。搬进粉红色贝壳后，我本来觉得暂时安全了。但现在出现了这样的照片，我不得不考虑离开这里。"

看到我垂下头，大叔温柔地笑了。不知道从什么时候开始，语言水母在大叔头上游来游去。

"章鱼小弟，放心吧，不会给你带来麻烦的。"

我们借着语言水母的光亮，顺着洋流，向更深、更暗的地方走去。

怎样让怨言和坏话从日记中消失？

"来，让我们打起精神聊聊日记吧。"像是要鼓励我似的，大叔用响亮的声音说，"章鱼小弟，你的日记写得很好。特别是海葵草原那一段，写得非常棒。你是怎么写出来的？"

"我是按照您教我的方法写的，去找和看到海葵草原时'好棒啊''好美呀'相似的感受。于是，我想起了第一次遇到您时，我躺在您贝壳上的事情。"

"就是你喃喃自语着'干脆就让我这样消失'的时候吗？"

"嗯。当时我看到的闪闪烁烁的海面和海葵草原很相似，都有一种不同寻常的美丽。"

"不同寻常的美丽？"

"嗯，那种美丽和白珊瑚森林、红珊瑚森林等景色的美丽完全不同。"

"太好了。你连不相似的部分都想到了。"

"我在思考海葵草原和闪闪烁烁的海面有哪些相

似点的时候，我发现了，是'可怕'这一点。"

"可怕？"

"一直盯着它们看的话，精神会渐渐恍惚，好像要被吸进去。"

"要被海葵草原吸进去？"

"嗯。不知道为什么，让人想跳进去。不过，不管在看闪闪烁烁的海面，还是在看海葵草原，最后都是您的声音唤醒了我，让我回到了现实。"

"哈哈哈，你要这么说的话，可能是这样吧。你回到现实后，有什么想法？"

"我当时想，只能回来吧。"

"哦。你能说得再详细一些吗？"

"就像电视上有很多大人说'我选择回避痛苦，来让自己好过一点儿'，我也请假不去上学。可是就像学校的事情、考试的事情、朋友的事情，我不管怎样回避，都无法彻底摆脱，最后还是会被带回原来的地方。所以，虽然可以逃避，但早晚还得回来。毕竟，我只是个中学生。该怎么说呢？……我好想赶快长大呀。"

"你很好地完成了和自己的对话。"

"嗯，我觉得自己能稍微做到一点点了。"

"其他日子怎么样？第五天、第六天的日记呢？"

"那个嘛……那个……"

"怎么了？"

"我说实话，您可别生气。我想，我最好还是别写了。"

大叔停下脚步，看着我的眼睛，问："你为什么这么想？"

"就像您刚才说的，有些话也无法对自己说。我一想到要写这些，就会看到自己的种种失败。比如：说朋友的坏话啦，对学校的抱怨啦，对爸爸妈妈的不满啦……脑子里浮现出来的净是这些。当然，我不会真的写出来，因为我自己都不想读这些。但冒出这么多坏话，真的会让人对一切都感到厌烦。"

"原来是这样啊。"大叔好像放下心来，接着对我说，"这是开始写日记时大概率会遇到的陷阱。我们都容易在日记里写烦恼的事。因为对自己来说，这是最切合实际的话题。"

"嗯。"

"于是，在详细描写烦恼时，很容易写下让自己陷入痛苦的这个家伙、那个家伙的坏话。"

"对，就是这样。"

"或者，也有反过来总在责备自己的日记。'我为什么会那样做呢''我完了''我真傻''生活毫无价值'，类似这样的话。这些情绪化的自责之词，虽然意义很沉重，但说的时候却格外流畅。"

"这一点我懂。被语言的气势带动着，后面的话源源不断地冒出来。"

"这种时候，很重要的一点是要和消极情绪保持距离。或者说，正是为了跟消极情绪保持距离，所以要把它写下来。"

"怎样才能跟消极情绪保持距离？"

"只要把那些喷涌而出的消极情绪当作过去发生的事情就行了。"

"过去发生的事情？"

"比如，在日记中写下'我真傻'，这是现在的"

自己写下的现在的感受，是吧？"

"嗯。"

"换个角度，尝试把它写成过去发生的事情，比如：'当时，我觉得自己真傻。'这样一来，消极情绪和自己之间就有了一定的距离，是不是？"

"只要写成过去发生的事情，就变成了那时的感受？"

"没错。所以，章鱼小弟，当你想写某人的坏话时，不要忍着，写出来就行，但是要写成过去发生的事情。比如，不要写'我觉得飞鱼很讨厌'，而要写'当时，我觉得飞鱼很讨厌'，好像这个问题已经解决了一样。"

"这样就能转换自己的心情？"

"至少对我来说，这样做是很有用的。把它当作过去发生的、已经解决的事情

去写。这样一来，就会引出'当时，我为什么觉得飞鱼很讨厌呢？'这个问题。一边回答自己的问题，一边写日记。等写完日记的时候，语言水母就把它们整理好放进书橱里了。"

把烦恼分成两种

"可是，一旦去写，就得面对自己不想面对的现实，是吧？就能知道自己不想知道的阴暗面，是吧？那样只会增加自己的烦恼，所以还是一开始就不写更好吧？"

"我的想法正好相反。不管写还是不写，'那样的自己''那样的现实'都存在着。烦恼不是因为写而增加的，它本来就在那儿，自己只是看不见而已。我们通过写来找到消除烦恼的方法。"

"消除？"

"请你这么想吧。现在，有一个装着很多烦恼的箱子，我们要把这个大箱子里的东西整理一下。"

我想象出一个装满废旧玩具的箱子。

"那我们要怎么整理呢？先拿出两个小箱子吧。一个用来装'思考的事情'，另一个用来装'担心的事情'。"

"思考的事情？担心的事情？"

"比如，章鱼小弟，你在想着体育节那天的天气：'要是洋流稳定就好了。''如果有暴风雨就糟了。'但是，像这种下周和下下周的天气之类的事情，不是你想改变就能改变的，是吧？"

"嗯。"

"不管你怎么想也没有答案，这不是你努力就能做到的事情。这样的烦恼，就放到装担心的事情的箱子里。"

"除了天气之外，还有别的事情吗？您再给举个例子吧。"

"这个嘛，像'大家会怎么看我？'这样的烦恼，显而易见是担心的事情。因为你再怎么想，也想不明白。"

"嗯。那思考的事情是什么样的呢？"

"比如，章鱼小弟，你在想着体育节当天的运动员代表宣誓这件事：'到时候说什么呢？''怎么去宣誓？'这些事或许能得出答案，是吧？那就把这样的烦恼放到装思考的事情的箱子里。"

"可是，我很担心运动员代表宣誓的事情啊，它不应该是担心的事情吗？"

"区分的方法很简单。哪怕有一件事情是现在的自己可以做的，那就把这个烦恼放入装思考的事情的箱子里，因为可以更深入地思考。与此相对，如果没有任何一件事情是现在的自己可以做的，那就把这个烦恼放到装担心的事情的箱子里，并收起来吧。因为怎么思考也没有用，没有任何事情是自己可以做的。"

"所谓自己可以做的是指什么？"

"思考，就是努力找出答案，试图消除烦恼。比如，对于运动员代表宣誓这件事情，光想'真烦哪''真不想做呀'，解决不了任何问题。思考现在的自己能做什么，才能找到消除烦恼的方法。"

"那关于运动员代表宣誓这件事，有现在的我能做的事情吗？"

"当然有了。你可以在自己房间里练习，可以和枪乌贼讨论，或者和老师商量也行。写下来，去思考，就能找到现在的自己可以做的事情。"

"现在的我可以做的事情……"

"记住，你要思考的，不是未来的自己能做什么，而是现在的自己可以做的事情。想出答案后，实际去做。这样的话，就能把烦恼的泡泡收拾干净。"

更客观地看待自己

我脑海中浮现出分别装思考的事情和担心的事情的两个箱子。

像下周的天气这种事，确实应该放到装担心的事情的箱子里。运动员代表宣誓的事情、考试的事情，肯定是要放到装思考的事情的箱子里。我得好好考虑一下，差不多该确定毕业志愿了。可是，那件事呢？该把它放到哪个箱子里呢？

（不要欺负我！）

我眼前浮现出那本画着章鱼的皱巴巴的课本。

"可是我觉得，我的烦恼既不属于思考的事情，也不属于担心的事情。"

"这是什么意思？"

"我最大的烦恼，就是我是一只章鱼。因为我是章鱼，所以会脸红，会吐墨汁。这是根本没办法改变的事情。不管我怎么写、怎么思考，这个烦恼也绝对无法消除。所以，我一直很苦恼，一直很讨厌自己。

大叔，像您这样生活幸福的寄居蟹是不会明白的。"

"原来是这样。章鱼小弟，你为自己是章鱼而烦恼，你觉得自己如果不是章鱼就好了。可是，我觉得章鱼很帅，章鱼有多条腕足，身体很柔软，能自由、轻快地游泳，还会喷墨汁这样的绝招儿。章鱼小弟，如果你能更客观地看待自己，你的心情就会有所改变。"

"更客观地看待自己？"

"是呀。把自己当作故事中的主人公去看待。"

"怎么做呢？"

"把你写的日记稍微修改一下就行。比如，你看一下第四天，也就是去海葵草原那天的日记吧。"

大叔哗哗地翻看着我的日记。

"对，开头部分正好。"

寄居蟹大叔带我去了红珊瑚森林。

这是我第一次走进这片森林。不管在学校还是在社区，大人总是一遍遍

地说不能进入这片森林。

我回头一看,已经看不到森林的入口了。我想:要是在这里和大叔走散了,也许我就再也出不去了。

"在这篇日记中,你一直用'我'来称呼自己,是吧?"

"嗯,因为说的是我自己的事情嘛。"

"那你把对自己的称呼像这样改一下,看看会怎么样?"

寄居蟹大叔带章鱼小弟去了红珊瑚森林。

这是章鱼小弟第一次走进这片森林。不管在学校还是在社区,大人总是一遍遍地说不能进入这片森林。

章鱼小弟回头一看,已经看不到森林的入口了。章鱼小弟想:"要是在这里和大叔走散了,也许我就再也出不去了。"

"啊?"

"只是把日记中的几处'我'换成了'章鱼小弟',其他地方几乎没做改动。来,你读读,比较一下,感觉如何?"

"好厉害呀。怎么说呢?有点儿……像小说。"

"很有趣吧?从语法上说,'我'是第一人称,'章鱼小弟'是第三人称。日记一般是用第一人称来写的。像这样,只要改用第三人称来叙述,就会给人很不一样的感觉。"

"啊!好厉害!真有趣!变得好像不是在说自己的事情了呢。"

"把日记里的名字改成虚构人物的话,你会觉得更加不像在说自己的事情呢。就像这样。"

寄居蟹大叔带虾虎鱼去了红珊瑚森林。

这是虾虎鱼第一次走进这片森林。不管在学校还是在社区,大人总是一遍遍地说不能进入这片森林。

虾虎鱼回头一看,已经看不到森林的入口

了。虾虎鱼想："要是在这里和大叔走散了，也许我就再也出不去了。"

"啊？！这样一来，完全不像在说自己的事情了。"

"可是，在红珊瑚森林中漫步的还是你呀，是你的化身——虾虎鱼。现在，你是不是觉得自己变成小说中的主人公了？"

"或许是吧。"

"要想效果更好，写日记的时候就要有意识地多用'我'来叙述。写完后，再用像虾虎鱼这样的第三人称去替换。换了人称后，把不太顺畅的部分调整一下。只要这样做，'我'就能成为探险故事的主人公了。"

在日记中诞生的"另一个自己"

把日记中的"我"替换成另一个名字。这样一来，日记确实变得不像在写自己的事情，日记的主角简直像小说或故事的主人公一样呢，这真令人吃惊。不过，我总觉得有些别扭，一种被糊弄的郁闷感挥之不去。

"我总觉得像在撒谎呢。这、这不过是在玩文字游戏嘛。"

"文字游戏？"

"你看，就算把日记里的我替换成虾虎鱼，现实中的我还是章鱼呀。我不还是一只悲惨的章鱼吗？烦恼根本没有消失！"

"是吗？章鱼小弟，如果你把自己的日记当作虾虎鱼的故事来读呢？"

"呃……"

"日记中的虾虎鱼想了很多。每天都会发生很多事情，他会思考很多。有时候，他会为一件事情烦恼好几周；有时候，他会把上周的烦恼忘得一干二净。他每天都有多种多样的感受，有吃零食的快乐，有和朋友吵架的沮丧……"

"嗯，整体读起来可能是这样。"

"像这样重读日记，你会觉得：'虾虎鱼真不错呀！''他很努力呀！''他好有趣呀！'然后，你会觉得虾虎鱼的烦恼没什么大不了。"

"啊？明明是自己的烦恼，怎么会觉得没什么大不了呢？"

"没错。不过，如果是只写一两次的作文，就不会有这样的效果。正因为是每天都要坚持写的日记，所以能做到这一点。"

"为什么？为什么只有日记才能做到这一点？"

"日记通常只是自己读，不会给别人看吧？"

"嗯。"

"也就是说，<u>在日记中不需要撒谎，不需要装成好孩子，不需要装腔作势。日记是唯一能用语言来表达真实自己的地方。</u>"

"可是，我虽然没有撒谎，但也没有写出真心话。我原本想写康吉鳗的坏话，但最后没有写；我写到飞鱼时，也有些含糊其词。"

"是呀，突然要写出真心话是一件很难的事情。不过，请坚持每天都写吧。要是撒谎、装腔作势、隐藏真实想法，根本做不到每天都写。只要坚持每天都写，就能去除多余的修饰，原原本本的自己一定能出现。这就是写日记很棒的地方。"

"只要坚持每天都写就可以？"

"对。关于这一点，我清楚地说一下吧。我们会在读后感中撒谎，会在作文中撒谎，那是不可避免的。为什么不可避免呢？因为作文和读后感会被学校的老师和同学读到，会被评价，所以我们写的时候会在意别人的看法。"

"作文里有……假话？"

"那些是因为在意别人的目光而虚构出来的内容。正因为如此，要坚持写除了自己以外不会有其他人读的日记。不是为了得到表扬，不是为了和别人竞争，摒除一切杂念，只是写下去。这样的日记坚持写上几年，你猜会变得怎样？"

"会变得怎样？"

"日记中会诞生另一个自己。"

"啊？"

"而且，你会渐渐喜欢日记里的自己。这是千真万确的。"

"另一个自己？"

"这是和学校里的自己、家里的自己都不太一样的,只有你知道的另一个自己。就算在大家面前沉默寡言,在日记里也能侃侃而谈,能自由地用语言表达自己的想法,不必顾虑任何人的看法。而且,这不是虚假的自己,是真实存在的、没有任何谎言的另一个自己。至少,只要你打开日记,他就在那里。"

我感到，漆黑的大海中，原本伸手不见五指的视野突然变得明亮起来。

大叔建议我坚持写日记的理由，我终于明白了。

和枪乌贼在一起时的自己，和飞鱼在一起时的自己，和康吉鳗在一起时的自己，和爸爸妈妈在一起时的自己……虽然都是我，但并不是同一个我。在不同的场合，有不同的我。而且，只要我坚持写日记，还会有另一个自己诞生。就算我无法喜欢教室里的自己，我也能喜欢日记里的自己。在心灵迷宫尽头等待我的终极对手，不是恶龙，而是我自己。

"啊，差不多到达目的地了。我们一起下去吧。"

寄居蟹大叔从一处高高的台阶上跳下去，轻轻落到海底。地面上升腾起粉末状的沙子。接着，我也越过台阶，落了下去。在语言水母照亮的前方，有蓝黑色的水涌了出来。大叔从壳里拿出小玻璃瓶，往里面灌着蓝黑色的水。

"这是什么？"

"这是从海底涌出的蓝墨水喷泉，是最棒的天然蓝墨水。"

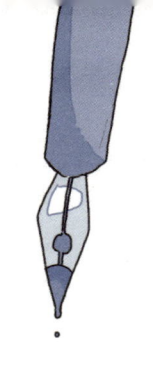

这时，语言水母拿来了那支镶嵌着珍珠的、看起来很古老的钢笔。

"这支钢笔是我上中学的时候，海龟大叔送给我的，据说有一百多年的历史了。"

接着，寄居蟹大叔把墨水瓶和钢笔递给我，对我说："章鱼小弟，去写吧，用这支钢笔一直写下去，直到遇到另一个自己。这支钢笔一定会成为陪伴你的伙伴，它比手机还要棒。"

"啊，不不不，这么珍贵的东西，我……"

"没关系。在你遇到另一个自己之后，再把这支钢笔送给其他人吧，送给未来的某个需要写日记的人。"

章鱼小弟的日记

约定的第七天 9月13日（星期三）

今天一早，我就去拜访寄居蟹大叔了。我告诉大叔，我们被海鳝拍了照片，我们得商量一下今后怎么办。

警示牌上提到的可疑者，竟然真的是大叔。不过，那只是因为大家不了解大叔而已。不管爸爸妈妈还是螃蟹老师，他们要是走在异国他乡的街头，也可能会被视为可疑者。

其实，我想在这里写下在大海深处和大叔的谈话，以及写日记的意义，还有大叔送给我的钢笔。可是发生了太多事情，到现在我的脑子还是一片混乱。

和大叔聊完，回到公园，坐上公交车后，我打开了手机。没有未接来电，也没有收到短信。班级聊天群里有五百多条未读信息。

我滑动着屏幕，依次读着一条条信息。突然，"热点话题"这个词映入我的眼帘。什么热点话题？

"不得了！超级大热点！"

"接下来会怎样？"

"据说真的会被逮捕。"

"海鳝可真行。"

"粉红色的贝壳超级奇怪……"

"章鱼小弟还活着吗？"

　　海鳝把我和寄居蟹大叔的照片发到了SNS（社交网站）上，不但特意和警示牌的照片放到一起，还配上了"发现大海市民公园的可疑者"这样的文字。现在，他发的帖子成了网上的热点话题。

　　我拿着手机的手抖个不停，心脏扑通扑通地跳。一看评论区，里面谎话连篇。说什么寄居蟹是人贩子，到处拐骗儿童，和他一起的章鱼是共犯，他们把拐骗的儿童卖给了鲨鱼强盗团伙……简直一派胡言！

　　公交车到站了。下车后，我考虑直接给海鳝打个电话得了。我真想问问他：为什么要这么做？到底对我哪里不满意？要怎样才能把照片删除？

我发现，手机来电记录里的第一个号码，还是我第一次遇到寄居蟹大叔那天的陌生来电。对了，那是谁打来的电话呢？不是螃蟹老师，不是妈妈，也不像学校里的其他人。我觉得，就像被海鳝偷拍一样，好像有人在监视我，在我不知道的地方，正发生着令我不快的事情。

我回到家时，妈妈已经回来了。妈妈不知道今天我没去上学。

"你回来了，挺早哇。"

"嗯。"我只应了一声，就朝自己的房间走去。过不了几天，爸爸妈妈也会看到那张照片吧。他们会追着我问个不停："那只寄居蟹是谁？" "你为什么在公园里？" "你们一起做了什么？" ……

海鳝都干了些什么呀？！（当时我想。）

那个家伙真坏！（当时我想。）

大叔的钢笔有点儿不好用。

约定的第八天　9月14日（星期四）

说起来，从我开始写日记到写完昨天的，正好满一个星期了。

虽然刚开始我不知道自己能不能坚持三天，但到现在我还没失去耐心，能坚持写下去。这肯定也是因为我和寄居蟹大叔还有枪乌贼有约定。

早上来到学校，我刚推开教室门，"快看，重要证人出现了！"飞鱼大喊着跑了过来。虎鲨和其他男生跟在他身后，问："嗨，你去市民公园干什么？那只寄居蟹是怎么回事？"

我说，我是坐过站一直坐到了市民公园，和我在一起的寄居蟹大叔不是可疑者，我只是碰巧遇见了他，我连他的名字都不知道。我说的都是真的，我没有撒谎。

"咦？那你们怎么聊得那么开心哪？"紧紧靠在虎鲨身边的海鳝探着头问我。

"就是呀。小鳝，你都看见了，是吧？"飞鱼给海鳝鼓着劲。看来海鳝好像凭借这张照片，获得了正式加入虎鲨小团体的资格。那一刻，我突然觉得这一切真是太幼稚、太可笑了。

"你还录像了吗？"

海鳝被我问得一时不知道怎么回答，很快露出牙齿，恼怒地吼道："明明是我在问你！"

他在使用语言暴力，他在装腔作势。

就这样，我被大家团团围住。河豚和大眼鲷等女同学纷纷向飞鱼他们投去蔑视的目光。不过，今天一整天，我都被怀疑的目光包围着。

放学路上，我去了枪乌贼的病房。我去给他送我这一周的日记。我要亲手交给他，让他在病房里读。虽然有些麻烦，但我觉得应该这么做。我想，枪乌贼希望我把日记拿给他。

我从医院导医台经过时，得知枪乌贼正在康复室。护士告诉我，康复室只有医护人员和病人能出入，让我到病房中等待。

空荡荡的病房里散发着一股消毒水的味道。病床旁边的桌子上，

放着我拿来的书、课本、笔记本、医院的健康教育手册。我坐到圆凳上,随手拿起了桌子上的语文课本。

"哦,你来了。"

敞开着的门口出现了枪乌贼拄着拐杖的身影。

我把课本放到床上,向枪乌贼走了过去。

枪乌贼拉着我的手问:"你读了吗?"

"嗯?什么?"

枪乌贼的视线望向桌子,又问了一遍:"你读了吗?"

我为随便翻他的课本道了声歉,但他指的好像不是课本。

他来到床边,轻轻叹了一口气,说:"算了,怎么都行。"他说完便坐到床上,用眼神示意我也坐下。

"刚才我问护士了,听说你不用再做手术了,是吗?"为了化解有些尴尬的气氛,我换了个话题。

但我这么说显得有些做作,反而让气氛更加尴尬了。

"还有半年吧?" 枪乌贼突然喃喃地说。

"咦,不是下周就能出院吗?"

听到我的话，枪乌贼露出一副真是服了的表情，说："你在想什么呀？我说的是离毕业还有半年。"

今天的枪乌贼好像有些心神不定。他继续说："好漫长啊，接下来这半年。"

"什么意思？"

"你把日记拿来了吗？"

我急忙从书包里拿出复印件。刚才光想着怎么化解尴尬的气氛，我都忘了日记这回事了。

"这是到昨天为止的总共七天的日记，不知道你看了会不会觉得有趣。"

枪乌贼接过那叠纸，粗略地翻了翻，说："我晚些时候看。我要是立刻在你眼前看，你会不喜欢吧？"

"啊……嗯。"

枪乌贼把那叠复印件放到桌子上，又喃喃地说了一句："小章，你真的没看吗？"

"看什么？"

"这个。"枪乌贼拿起桌子上放着的蓝色笔记本，说，"我也开始写日记了。"

啊？我大吃一惊：枪乌贼

也开始写日记了?"

"不过,我的日记完全是写给自己看的,有一半以上是康复记录,就不给你看了。"

"那你为什么要写日记?"

"小章,听了你的话,我觉得很有道理。康复记录哇,毕业前的记录哇,我决定把它们都记下来。"

枪乌贼升入高中后肯定也要进足球队。康复治疗的过程、医生的建议,把这些记下来,将来上了高中也用得上。虽然和我的日记不一样,但我觉得这很符合枪乌贼的风格。我好像找到了同伴,我感到很开心。

可是,枪乌贼为什么那么心神不宁呢?是康复治疗时遇到了什么问题吗?我准备走出病房时,他又对我说了一句:"可是,接下来这半年真的好漫长啊。"

约定的第九天　9月15日（星期五）

其实，从昨天开始，我就明白了。

从医院回来的路上，我找到了答案。和寄居蟹大叔之前说的一样，虽然我明白了，但我装作不明白；因为我不想面对，所以我装作没看到。枪乌贼现在的处境，他出院之后的事情，他说的"半年"的意思，我统统不去深思，抛之脑后。但是，枪乌贼能坚定地直面现实。

放学后，我一来到医院，坐在床上的枪乌贼就对我说："我已经读完了。"他说的是日记。

"真有趣，我好像通过摄像头看教室。而且，读到涉及自己的地方时，虽然有些怪怪的，但是很有意思。自己是一个怎样的人，别人是怎么看自己的，我好像有些明白了。"

"我没写什么奇怪的内容吧？"

"没有，没有，你写得很有趣，真的。既有我能预想到的事情，也有我完全不知道的事情，你写了好多呢。请你继续写下去，让我继续读下去吧，至少写到毕业前。"

"要写半年……这么长的时间？是因为康复训练很辛苦吗？"

枪乌贼深深地叹了一口气，说："唉，你可真够厉害的。你如此认真地写了这么多日记，却完全不明白我在说什么。"

"啊？你在说什么？"

于是，枪乌贼慢慢地给我讲了起来。

枪乌贼下周出院，暂时要拄拐杖，一直到毕业，他都不能完全恢复运动。飞鱼和虎鲨他们会瞧不起他，说不定还会欺负他——因为他行动不便，没办法反抗。那帮家伙肯定会这么干的。这是枪乌贼的说法。

"啊？他们要欺负你？"我惊讶极了，不自觉地提高了音量。我很不安：是我日记里的内容让枪乌贼这么想的吗？

"肯定错不了。现在咱们班里已经是虎鲨当老大了。虎鲨当老大，最碍他眼的人就是我。只有把我赶到一边，虎鲨和飞鱼才能安安心心地待到毕业。虽然我不想这么说，但我猜他们要把我赶到'章鱼小组'，不断地取笑我。刚好又发生了寄居蟹大叔的事情——我也读了班级聊天群里的信息。"

原来枪乌贼已经看到那一长串信息了，我把这件事忘得一干二净了。不过，现在我对寄居蟹大叔的事情已经不担心了。虽然我一直没开口，但有一件事情无论如何我都要问一问枪乌贼。

"枪乌贼，你为什么突然对我态度好了？为什么又突然叫我小章了？为什么说要和我一起进行运动员代表宣誓？"

"这个呀，因为枪乌贼和章鱼是亲戚嘛。"

"请你认真回答！"

"在我心中，你一直是小章啊。虽然升入初中后，我几乎没这么叫过你。"

"可是，枪乌贼，你对我……"

"你那天为什么不接我电话呢？"

"电话？"

"你没来上学那天，我给你打电话了。"

"啊？原来那是你打的电话！"

我躺在寄居蟹大叔贝壳上时，有个陌生号码反复来电。那个一直留在来电记录里的第一个号码，原来是枪乌贼的。

"你不会没在手机里存我的电话号码吧？"

我以前不知道枪乌贼的电话号码，也没想过在手机里存上他的号码。当我开始拥有自己的手机时，我以为我们的友谊已经走到尽头了，我当然不会直接去找他要电话号码。

"抱歉。"

我又懊悔又羞愧，眼泪扑簌簌地掉下来。我误会了枪乌贼，是我疏远了他。

"你完全不用道歉嘛。我也真是的，受飞鱼指使，做了很多不该做的事。可是，最早来看望我的人是你，而且你是一个人来的。小章，我觉得你很厉害。要是咱俩换过来，我觉得自己一定做不到。"

"那是因为……我担心你。"

"所以，我决定了，不管班里其他同学怎么想，我要加入章鱼小组。"枪乌贼笑着说完，擦了擦发红的眼睛，继续说，"不过，接下来这半年确实不容易。尤其是你，可能会被欺负得更狠。还有寄居蟹大叔的事情需要你面对,那张照片怎么样了?"

我告诉枪乌贼,老师还不知道这件事。虽然飞鱼和虎鲨乱七八糟地说了很多,但帖子已经没什么热度了。顺利的话,寄居蟹大叔应该不会被抓到。

我还告诉枪乌贼,明天我想去找个新的贝壳,找一个既不是白色也不是粉红色的贝壳。

"枪乌贼,我反正无所谓了,你行吗?和我在一起,会经常被大家取笑,你吃得消吗?"

"既然如此,那就写日记吧。寄居蟹大叔不是说过吗?三年后重读这些日记,一切都会成为笑谈。所以,不管是半年还是三年,我就当在不停地播下笑谈的种子吧。没什么大不了的,就当它是和我的康复训练一起进行呗。"

"枪乌贼,你有信心三年后一笑了之吗?"

"当然了。"枪乌贼抬起头,说,"要不然,还当什么中学生啊?"

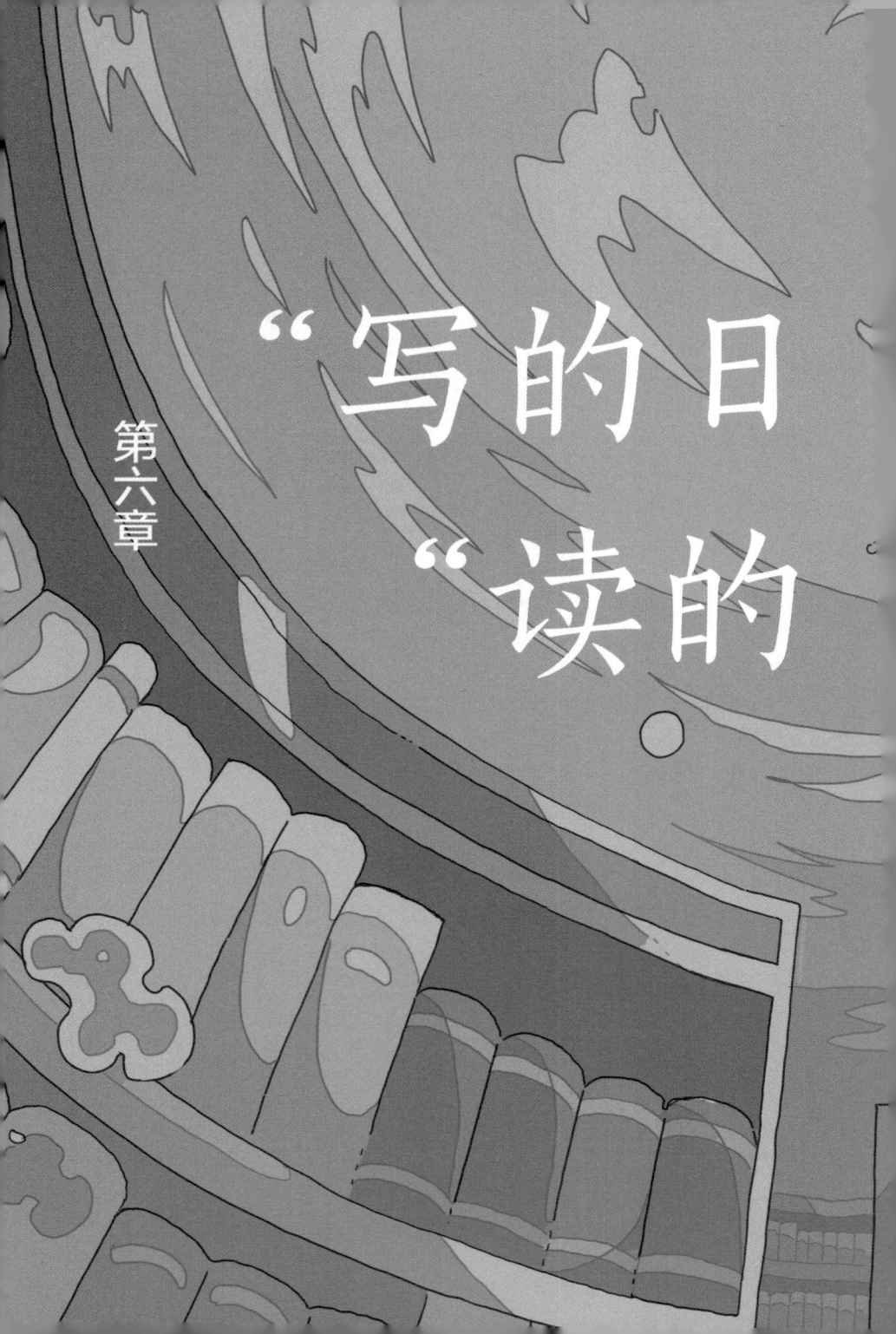

第六章 "写的"日"读的"

记"变成日记"

为什么难以坚持长期写日记？

"枪乌贼真是个坚强的孩子呀。"寄居蟹大叔读完我的日记，感叹道。

"嗯，他是我引以为豪的朋友。"我很自豪地挺起了胸脯。

"哦。章鱼小弟，最开始的时候，你说自己没有真正的朋友，其实你有好朋友嘛。"

"嗯，我有。我不是交到了新朋友，而是一直就有真正的朋友。"

"嗯，是很棒的朋友呢，真让人羡慕哇。"

在公园里，大叔藏到了海藻林里面。他没再邀请我去白珊瑚森林和红珊瑚森林。现在，他是不是连出门都很困难了？

"今天来我的新房子里聊聊吧。这个粉红色的房子，你还是第一次来吧？"大叔说完笑了笑。

大叔现在的房子，依然比大海还广阔。和之前不一样的是，这个房子开了好几扇窗户，有光线透进来。

"这个房子有很多扇窗户呢。"

"嗯，虽然叫房子，但其实是我的头脑。考虑到现在的状况，我要花一部分精力关注外面而有所警惕。开这些窗户是为了不错过外面的动静。"

我想，像这样一直紧绷着神经，会很累吧。这都是因为海鳝偷拍的照片，我总觉得有些抱歉。

"对了，章鱼小弟，说说你的日记吧。你钢笔用得不错，日记也越写越自如了。你是有意识这样去写的吗？"

"不，并没有。要把一分钟内发生的事情写成一个小时，我还是觉得很难呢。海鳝把照片放到了SNS（社交网站）上，虽然我很想写他的坏话，但我是用'当时，我这么想'的写法去写的。"

"用这种写法时,你感觉如何?"

"我觉得语言停下了,情绪也停下了。以前我会'傻瓜、傻瓜、傻瓜'写个不停,可能是因为情绪停不下来吧。但如果写成'当时,我觉得他是个傻瓜',就会感到情绪就此停住了,不会爆发了。"

"哦,真不错。除此之外呢?"

"另外,不用把所有的事情都写出来,我也觉得很轻松。不用按顺序去写从早到晚发生的每一件事,只要把某个场景写出来就行,这让我很开心。"

"哦,那太好了。如果你能像和枪乌贼约定的那样,写到毕业就好了。"

"照这个样子,我能坚持下去吗?"

"这个嘛,章鱼小弟,你以前学过什么才艺呀?"

"我小学时学过好几样,像珠算哪,钢琴哪,后来还练习过一阵五人制足球。"

"分别坚持了几年?"

"呃,钢琴只弹了半年,五人制足球只去过三次就不去了。能坚持到小学毕业的,只有珠算。"

"为什么只有珠算坚持下来了?"

"呃,可能我的性格适合学珠算吧。"

"我是这么想的：**能坚持做一件事情的时候，支撑我们内心的是'真实的成长感'。**"

"真实的成长感？"

"嗯，和上个月的自己相比，能做到的事情略微增加了一些。和上周的自己相比，做得更好了一些。昨天还不会的事情，今天会了。正是因为有这种真实的成长感，才能坚持下去。"

确实像大叔说的，我学钢琴和五人制足球的时候，一点儿都不顺利，完全没有体会到成长感。不管怎么练都没有进步，自己越来越急躁，最后失去了耐心。与此相对，珠算只要练习就有成果，我通过了等级考试，还获得了奖状。

"明白了，我学珠算时确实是这样的。"

"就这一点来说，写日记也一样。有真实的成长感才容易坚持下去，是不是？和之前相比，写日记变得更顺利，就能愉快地写下去。"

"嗯。"

"不过，通过写文章获得真实的成长感，是非常难的。它不像钢琴，多加练习就能学会弹某首曲子；它也不像珠算，有等级考试；它也不像五人制足球，可以分出胜负。而且，日记一般只有自己会读，不会得到别人的表扬或分数。"

"所以，大家都很难做到长期写日记？"

"有很大的可能性。因为只是一个人不停地写，得不到任何反馈。"

"这样的话，我也坚持不下去，因为没有真实的成长感嘛。"

"不，我觉得你没有问题。章鱼小弟，因为你应该已经知道如何坚持下去的答案了。"

"啊？！"

"我们刚开始不是约定过吗？先试着坚持写十天，这就是我给出的答案。"

什么是互相理解？

"写十天就是答案？"

"章鱼小弟，你现在已经写到第九天了吧？"

"嗯，今晚再写的话，就达到约定的十天这个目标了。"

"那等你写完的时候，你就明白了。首先要去写，写完就能懂。"

寄居蟹大叔似乎不打算再说下去。明明是他主动抛出的这个话题，这也太狡猾了吧？

"哎呀……你好像不接受这种说法呢。"

"当然不接受！就好像刚刚放到自己眼前的点心突然被拿走了，我明明很想吃嘛。此外，您刚才说的'写完就能懂'这样的说法，我很不喜欢。您以前明明说过'不要急于形成语言'，可您刚才说话却偷懒了。"

"原来是这样……章鱼小弟，你说的很对。"

大叔停下脚步，抬头看着上方，频频点着头。

"没错，刚才是我不好。我确实在语言上偷懒了，谢谢你指出来。"

"啊，不，不用道谢……"

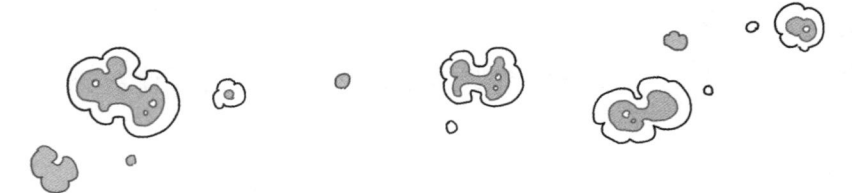

"那接下来，我想用自己的话来讲一讲坚持写日记的方法。如果可以的话，请你当我的谈话对象，帮我这个忙，好吗？"

"当然好了！"

紧接着，我眼前出现了一大团泡泡，那是未形成语言的泡泡，上方有很多语言水母在等待着。我已经毫不吃惊了。大叔会和我一直交谈，直到这些泡泡全部消失。

"我确实抛出过'写完就能懂'这样生硬的说法，但我并不想糊弄你。实际上，只要坚持写十天就能懂，不写的话就没法懂。我觉得与其说那么多，不如让你去写更省事。"

"嗯，我想是这样。"

"问题就出在'省事'这种想法上。比如说，现在我们在聊天，通过语言交流来互相理解，是吧？"

"嗯。"

"但是，为了互相理解，双方需要共同努力。"

"双方需要共同努力？"

"对。一是传达者要努力让对方懂。为了让对方懂自己的意思，传达者既要非常认真且简洁地选择语言，还要注意说话的顺序。不管是对话还是写文章，都不能懈怠。"

"嗯。"

"二是接收者要努力去听懂。接收者要认真倾听对方的话，并动脑思考，自动补充缺失的语言，努力去听懂对方的意思。读书也是一样的。"

"啊，确实如此。要是迷迷糊糊地读，什么也读不进去。"

"**传达者努力让对方懂，接收者努力去听懂，双方共同努力，才会达到互相理解的状态。**这就像两个人双向奔赴，然后握手达成共识。"

"是的，是的。要是有一方一动不动，他们就没办法握手。"

"没错。刚才的我就是那样，虽然你朝我走来、努力去听懂，但我一步也没动，只是伸出了手。"

"你要是想握手，就走得再近一些吧。你刚才传递给我的是这种感觉吧？"

"就结果来说是这样的。章鱼小弟，你觉得被眼

前这个家伙吊起了胃口,也是合情合理的。"

"可是……这样听起来,互相理解这个状态很难得呢。"

"是呀。因为只有自己一个人努力的话,是做不到的。"

"我觉得,不论和班里的同学还是和爸爸妈妈,我都做不到互相理解。我们好像只是在手够不到的地方假装握手而已。"

"章鱼小弟,我想不只是你会这样做。因为像这样假装握手会比较和平。"

"和平?"

"假如对方不想听懂,根本不听自己的话,完全无视自己的话。这个时候,如果硬让对方'你给我听懂!',就会引起争吵。争吵,就是彼此心中'你给我听懂!'的想法撞到了一起。"

"啊,原来是这样!双方都想'你给我听懂!',结果发生了激战。"

"所以,章鱼小弟,如果你自然而然地向前走,发现了能够自然而然握手的某个人,就可以称这个人

为密友。"

枪乌贼是我的密友吗?我是枪乌贼的密友吗?密友这个词,听上去沉甸甸的,但我能想象出我和枪乌贼自然而然握手的样子。

"而且——"寄居蟹大叔用郑重的语气说,"刚才的观点,也适用于日记。"

如果没有读者

"也适用于日记?关于密友的观点?"

"不不不,我说的是'努力让对方懂'这个部分。在此之前,我多次说过'任何文章都有读者',是吧?就算是私密的日记或笔记,也一定有读者。"

"嗯,您说过。"

"关于这一点,我想应该有很多不好理解的地方。比如,不给别人读的日记也有'未来的自己'

这个读者。这句话虽然从字面上能读懂,但很难让人产生真实的感觉。"

"是呀。说实在的,我还不太懂。大叔,还好我的日记有您和枪乌贼当读者。"

"可是,如果有的日记一个读者都没有,你觉得会怎么样呢?也就是说,自己不读,也不给别人读,只是写,写完就扔到一边。如果是这样的日记呢?"

"呃,我倒觉得几乎所有的日记都是这样吧……"

"那样的话,就不会去努力让对方懂。"

"啊?!"

"如果日记的另一端没有读者,也就是没有想要传达自己感受的对象,于是就没有必要字斟句酌地让对方懂。结果就是,日记变成了一味宣泄感情的杂乱无序的文字,连流畅的文章都算不上。"

"对,这一点我明白!去年我在日记本上写过'可恶!可恶!可恶!''我讨厌大家!讨厌极了!统统给我消失!'这样纯粹泄愤的话,还写了很多根本

不成文章的句子……"

"章鱼小弟，就像你刚才说的，那完全是泄愤的语言，接近于语言暴力。有时候，不只会责备别人，还会责备自己。"

"嗯。"

是的。我从去年开始受到真正的欺凌，当时，我在笔记本上写了很多泄愤的话——不仅骂飞鱼他们，还写了很多责备自己的话："我想消失！""我讨厌自己！""为什么我是一只章鱼？！"

"可是，如果日记的另一端有读者，就会努力让对方懂，是吧？就不会过于情绪化，也不会去追求什么性价比，是吧？为了获得对方的理解，我们会管理自己的情绪，会认真地选择词语，会用较细的笔尖让词语更丰富多彩。总之，做这些都是为了让读者懂。"

"那我们之所以要写，也是因为希望对方懂吗？或者说，因为希望对方懂自己，所以才去写？"

听到我的话，很多语言水母跳到了旋转的漩涡里，将未形成语言的泡泡运送到上方。

"啊，我们渐渐接近答案了。**我们因为希望对方懂，所以去写。**对于'为什么要写？'这个问题，这是明确的答案之一。"

从秘密记录到秘密读物

我们是为了让别人懂自己，所以去写。

现在想来，我一直希望别人懂我。无论爸爸妈妈还是老师和同学，我一直希望他们知道我在这里，知道我也有一颗心，知道我也有很多想法。

"章鱼小弟，你希望对方懂什么呢？"

"懂我的感受，知道我在这里。"

"那你希望谁懂你的感受、知道你在这里呢？"

"我希望大家懂我，比如爸爸妈妈、飞鱼和康吉鳗，还有螃蟹老师。"

"除了家人、老师、同学，没有其他人了吗？"

"我不知道，可能没有了吧。"

"我是开始写日记后才察觉到这件事的——我最希望懂我的人，就是自己。"

"自己？"

"是呀。写日记的是自己，读日记的也是自己；希望对方懂的是自己，想懂的也是自己；想说出来的是自己，想知道的也是自己。这正是日记的有趣之处。"

"两个自己……"

"互相理解，也就是双向奔赴，然后握手。"

"可、可是，我不明白这是什么意思。自己怎么和自己握手呢？"

"最开始的几天，写了几页作为秘密记录的日记。这期间很辛苦，既没有真实的成长感，也得不到表扬和分数。一个人对着日记本写呀写，却收不到任何反馈。但只要坚持十天左右，日记就会渐渐变成秘密读物。"

"秘密读物？"

"是的。原本是秘密记录的日记，不知不觉地变成了秘密读物，变成了谁都不知道的、世上只此一册的读物。"

"那、那就像书一样？"

"嗯。日记呀，不只是写出来的，还是用很长时间培育出来的。所以，只写一两天的话，根本称不上日记。至少坚持写十天，才能培育成日记，才能成为通往心灵迷宫的门。"

"哦，所以您说写十天就能懂。"

"是呀。你今晚写完日记后，从第一天的日记开始重新读一读吧，那里一定有秘密读物。"

因为想读下去，所以会写下去

日记，不只是写出来的，还是用很长时间培育出来的。而且，作为秘密记录而开始写的日记，后来会变成秘密读物……现在，我终于明白了日记的神奇之处，看清了日记的真相。

"怎么样？你明白了吗？"

"嗯……我终于明白日记是什么了。不过，既然说有写日记的自己和读日记的自己这两个角色存在，大叔，您是在写日记还是在读日记呢？您的哪个角色更强呢？"

"这个嘛，刚开始的三个月，我只是一个劲儿地写，我的感受是'因为想写，所以去写'。那时，我在日记里也写过同学的坏话、自己喜欢的漫画和每天的烦恼，等等。"

"哦。"

"但是过了三个月后，我的感受变成了'因为想读，所以去写'。我现在也完全是这样的状态。"

"因为想读？"

"没错。毕竟只有自己能写出自己的感受，只有自己能写下今天发生的趣事，只有自己能写下今天冒出的想法，是吧？我很想读这些事——虽然现在可能无所谓，但以后我想重新读一读。因为我知道这些将会变成多么珍贵的宝藏，所以我只能自己去写并坚持写下去，就成了理所当然的事情。"

"您之所以想读，不是因为自己写得好吗？"

"不是，不是，是因为'面向自己而写'这件事很重要。"

"为什么?"

"因为翻看日记,能回首当时的自己。日记里记述了当时的自己有哪些烦恼和快乐。虽然当时的自己很难受,但无论如何,那是自己的烦恼。"

"嗯。"

"于是,现在的自己会给当时烦恼的自己鼓劲,在略远一点儿的地方高呼:'加油!不要认输!'或者就像之前我们说过的,先把当时的自己替换成虾虎鱼,接着再翻看后面的日记,里面或许有更加失落的自己,或许有努力消除烦恼的自己,当然也可能有已经忘了昨日烦恼的自己。那下一天会怎么样呢?再下一天又会怎么样呢?……你不觉得这和某种情形很像吗?"

"啊?和什么很像?"

"就像盼着喜爱的漫画书快出下一期,满心想的都是:'好想快点儿读到下一期呀!''这之后主人公会怎么样呢?'而且,接着往下写的那个人就是你自己呀。换句话说,<u>只要长年累月地把日记写下去,我们自己就会成为这部日记的头号粉丝</u>。这就是'因为想读下去,所以会写下去'的状态。"

第六章 "写的日记"变成"读的日记"　　**265**

全部忘记后，再开始读

"大叔，您为什么以十天为标准来划分呢？为什么不是三个月，也不是一年呢？"

"这个嘛，其实我希望你能坚持写好几个月甚至好几年。但如果突然说这么长的时间，会让你觉得做不到吧？一个星期呢，又有点儿短。还是十天左右吧，这是培育日记的最初时机。"

"为什么？"

"因为十天后就会忘记。"

"忘记？！"

"没错。一般来说，经过十天后，第一天的记忆就会变模糊。在开始遗忘的时候去重读前面的日记，它才能变成秘密读物。反过来说，对于一字一句都记得清清楚楚的昨天的日记，重新去读，会觉得没有意思。不只是没有意思，甚至想擦了重写呢。"寄居蟹大叔说完，哈哈大笑起来。

我也跟着笑了起来，开始回想着第一天的日记：

我写了什么来着？虽然我清楚地记得昨天的日记，但十天前的日记，我确实记不清了。

"真的呀。十天前写了什么，我几乎不记得了。"

"现在要不要重新读一读呢？"大叔说完，把日记递给了我。

"不不不，等我今晚先好好写完第十天的日记再考虑……也许在体育节结束之前，我都不会重新去读。听了您刚才的话，我想试着遗忘更多的内容。"

"忘记是一件很好的事情，是吧？<u>我们要向前看，要接受新的事物，用新的记忆充实内心，让旧的记忆消失</u>。景色在流逝，记忆也在流逝。这就是前进。"

不知为何，淡淡的失落感涌上我的心头。仿佛我们就要在这里分道扬镳，仿佛我们从此再也不会相见，仿佛我又要回到形单影只的状态。那股寂寞感如冰冷的潮水一般穿过我的胸膛。

"大叔，您以后会把我忘记吗？"

"章鱼小弟，你呢？你会忘记我吗？"

"不，不会忘记，我绝对不会忘记您。"

"也就是说，我会一直在你心中。而且，就算你忘了，我也会在你的日记中。初三那年的夏天，你在

这里的事情，在我的房子里、在白珊瑚森林里、在红珊瑚森林里、在大海深处，我们说过的话永远都不会消失……这不是很好吗？"

"嗯。"

"此外，如果有一天，你不再继续写日记，或者觉得写日记很辛苦，我希望你能打开这封信。"

大叔说完，递给我一个用绳子系着的蓝色信封。

"里面写了什么？"

"让打开这封信成为一种期待吧。我这样说话，是不是又在语言上偷懒了？哈哈哈！"

就在大叔哈哈大笑的时候，原本在上方轻轻游动的银白色语言水母们突然变成了大红色，猛烈地游了起来。整座房子剧烈地晃动着，咔嗒咔嗒直响，如同暴风雨来袭一般，海潮汹涌澎湃。

"来了吗？"大叔站了起来，看着我说，"章鱼小弟，还来得及，你从后面的出口出去。我结实着呢。快走！"

章鱼小弟的日记

约定的第十天　9月16日（星期六）

今天，我有很多想写的事情。到现在，我还很兴奋、激动。

上午，我去公园拜访了寄居蟹大叔。找到藏身在海藻林中的大叔，稍微花了一点儿时间。接着，大叔邀请我去了他的粉红色房子里面。

我写完今天的日记，就达到约定的十天这个目标了。关于坚持写日记的诀窍，大叔说："先试着坚持写十天，写完就能懂。"我反驳了他，我觉得他这种说法太敷衍了。大叔很坦诚地向我道歉。这好像是第一次有大人当面向我道歉。

在对话中，大叔告诉我："因为想读下去，所以会写下去。"他还说，如果我能一直坚持写日记，我应该也会达到这样的状态。那一天真的会到来吗？我不知道。

我和大叔的对话快结束的时候，语言水母们突然变成了大红色，骨碌碌地转个不停。这是警告，啊，有危险！

大叔立刻示意我出去。虽然我说要和大叔待在一起，但他用严厉的眼神看着我说："快走！"

现在回想起来，即使我当时留下来，也什么都做不了。我在语言水母的带领下，从贝壳后面的出口离开了。

我藏在海藻林中，向广场方向望去。只见戴着警帽的警察们拿着大网子在四处搜查。警察队伍里有鲨鱼、突额隆头鱼、帝王蟹。突额隆头鱼的周围还有六斑刺鲀在游来游去。

警察们看上去个个身强力壮，我实在不是他们的对手。

"章鱼小弟，快走！"

从贝壳的缝隙里传来大叔低低的声音。

"不！"虽然我逃学了，被发现后会挨批，但为大叔澄清冤情，我责无旁贷。

我藏在大叔所在的贝壳后面，静静地观察着警察们的行动。

哗哗——！上方突然响起了警报声。

"在西侧的海藻林中发现粉红色的贝壳！请求紧急支援！"

我一看，高高的上方游来了水母警察。水母警察的个头儿很大，语言水母完全没法跟他比。

"大叔，抓住我！"

我不知道自己当时为什么要那么做。我把大叔连壳一起抱在怀里，游了起来。

"章鱼小弟，快停下！放开我！"

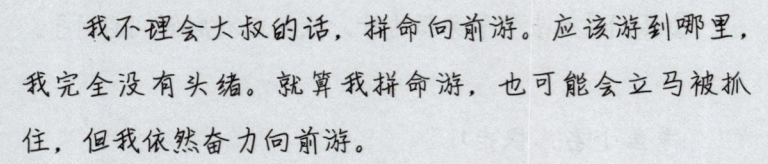

我不理会大叔的话，拼命向前游。应该游到哪里，我完全没有头绪。就算我拼命游，也可能会立马被抓住，但我依然奋力向前游。

"喂！"

"不许动！"

"马上停下！"

远处传来许多喊叫声。

我本来就不擅长运动，抱着大叔游得十分费劲。况且警察队伍里还有鲨鱼呢，他们肯定会追上我的。逃跑时被抓住，会让大叔处于更加不利的位置吧？

我在干什么呀？

还是放弃吧。

做到这一步，大叔应该能懂我吧。

就在我闭上眼睛的时候，大叔突然变轻了。

"咦？怎么回事？"我睁开眼睛，大叫道。

只见大叔的贝壳被一团柔和的光芒笼罩着。"啊，是你们？！"

原来是几十只语言水母从房子里出来了，他们托着大叔向前游去，粉红色贝壳被裹得严严实实。

语言水母们好像知道目的地，他们变换着方向，飞快地游动着。

以前大叔说过，为了运送语言泡泡而生的语言水母不会说话，真是令人遗憾。但语言水母们似乎能听懂我的话。

前方就是红珊瑚森林。刚才一直有警察在后面追赶，现在已经听不到他们的声音了。

到达森林上方时，我下定决心，向语言水母们喊道："各位，请放手！"

语言水母们同时散开了，我也松开了手。

对准像慢动作一样缓缓沉下去的大叔,我的墨汁喷涌而出。

这应该是语言水母们第一次见到墨汁。他们吓了一大跳,纷纷躲开。

大叔的粉红色贝壳被染得乌黑。这样一来,大叔一定能逃走。我第一次为自己是会喷墨的章鱼感到高兴。

大叔从贝壳中露出脸来——"谢谢!"

潮水太急了,我听不清声音,但看大叔的口型,我懂了他的话。

可能是因为放心了,语言水母们纷纷游回大叔的贝壳里。接着,置身于黑色贝壳的大叔落到了红珊瑚森林的深处。

我迅速下降到海底。

"等等!去哪儿了?到底去哪儿了?!"

那些把我们追丢了的警察在上方生气地大声喊着。

我头也不回地回家去,那是我应该在的地方。

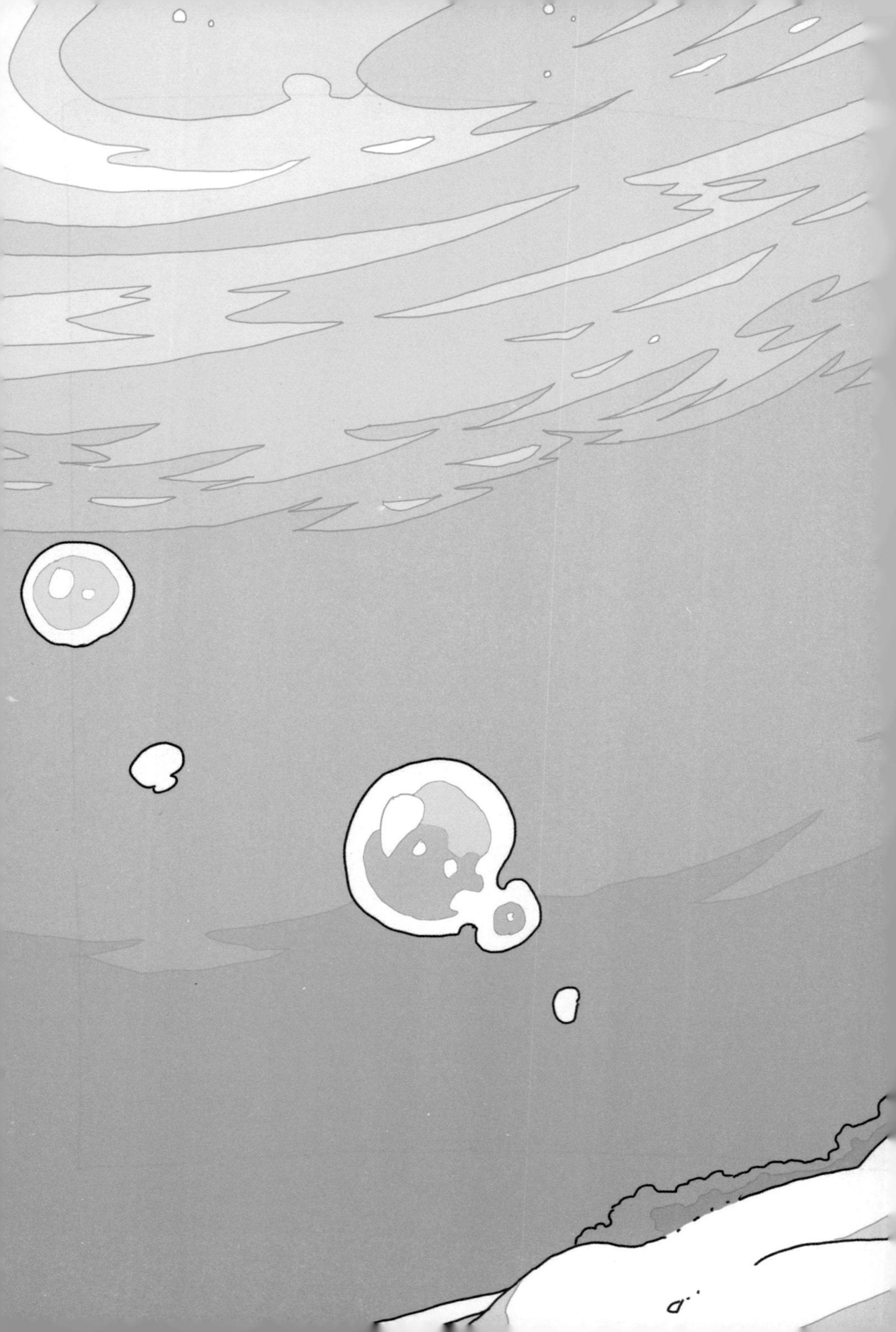

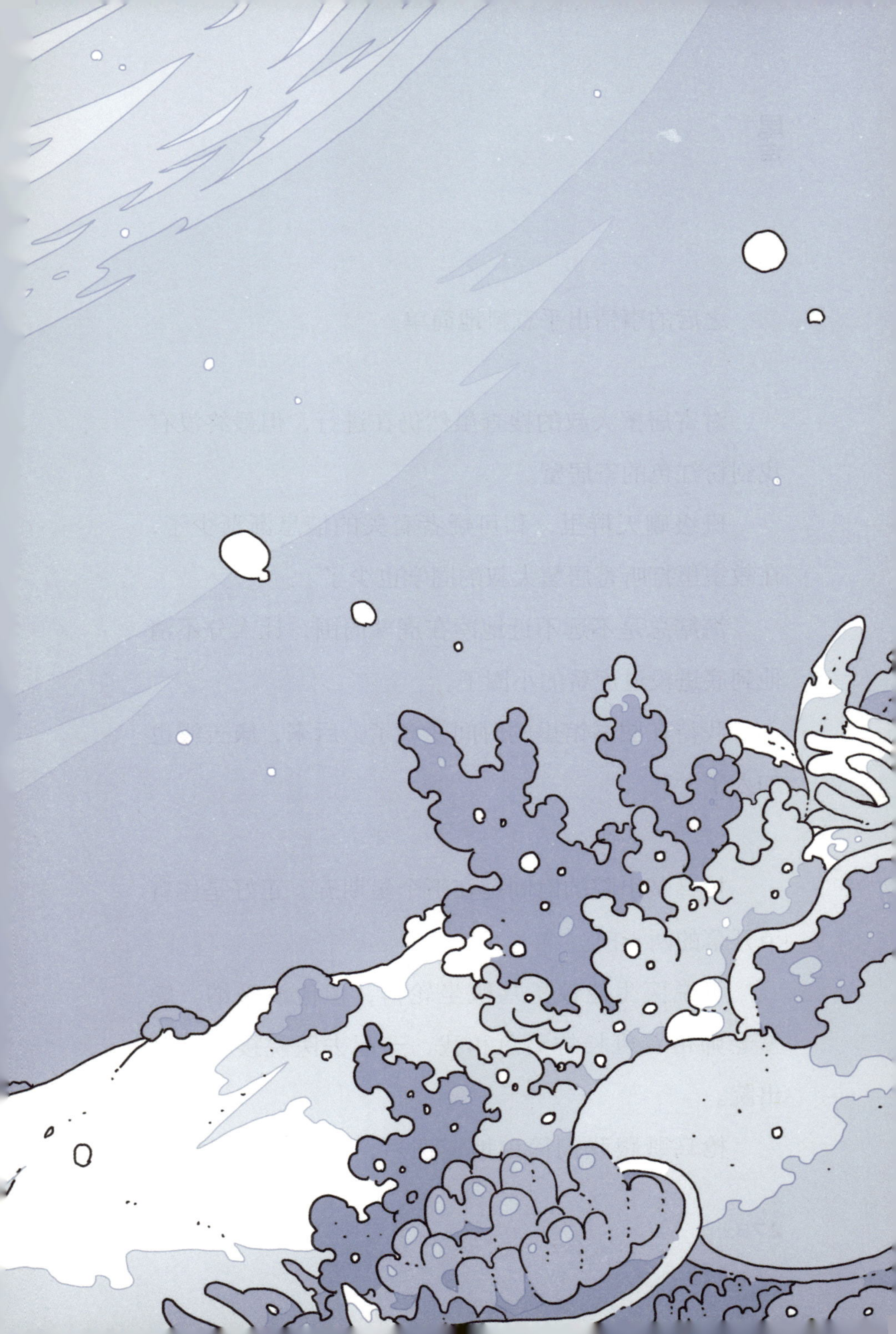

尾声

之后的事情出乎意料地简单。

对寄居蟹大叔的搜查虽然仍在进行,但最终没有找到粉红色的寄居蟹。

班级聊天群里,和可疑者有关的信息渐渐少了,在教室里打听寄居蟹大叔的同学也少了。

海鳝总是不远不近地凑在虎鲨周围,让人分不清他到底进没进虎鲨的小圈子。

我待在图书馆里的时间变多了。后来,康吉鳗也加入了。

枪乌贼出院的时间是在下个星期五,正好是体育节开幕的两天前。

听说医生建议枪乌贼坐轮椅,但他没采纳。螃蟹老师带着班长竹荚鱼和我,一起去医院接枪乌贼出院。

枪乌贼跟我们简单地道谢后,就上了他妈妈的汽车。坐到后排座位上的枪乌贼看着我，轻轻地点了点头。

体育节到了。

开幕式的运动员入场环节，枪乌贼没有参加。他和保健医生马步鱼老师一起待在医疗充气帐篷下，看着我们行进的队伍。

我偷偷瞄了枪乌贼一眼，我们的视线立刻交汇到一起。他冲我微微一笑，仿佛在说："交给我吧！"

家长委员会代表和校长致辞结束后，终于到了运动员代表宣誓的时间。

被叫到名字后，我从校长面前游过去。

枪乌贼拄着拐杖向我这边慢慢走来，老师们都自动为他让路。

我能感受到，家长席上的目光都集中在一步一步向前走的枪乌贼身上。

枪乌贼终于走到我身边，他不等喘口气，立刻小声地向我示意："开始。"

"下面进行宣誓。我们——"

"大海中学……全体学生……"

"感谢平日一直支持我们的家长、老师。"

"我们满怀……运动的喜悦……"

"全力以赴,努力拼搏!"

"我们将展现中学生……光明……磊落……的精神面貌。"

"赛出成绩,赛出风格!"

"宣誓完毕。"

老师们站了起来,家长席上的所有人也都站了起来,大家一起热烈鼓掌。

全身发烫的我扭头看向班上同学所在的位置。虽然听不到鼓掌的声音,但我看到班里的女生都冲我们的方向拍着手。当我满怀兴奋和喜悦之情回到班级队伍的时候,有那么一瞬间,我似乎在家长席上看到一个黑色贝壳的身影——他正慢慢地离开运动场。

下周一调休,我在公园里没有找到寄居蟹大叔。茂密的海藻林中、凹凸不平的岩石缝隙里,都没有大叔的身影。最后，我终于在白珊瑚森林旁边发现了黑色的贝壳。但那只是一个普通的贝壳，没有大叔的踪影。我把贝壳翻过来，钻进去一看，里面也没有那片比大海还广阔的空间。

我早就明白了。

从在那个房子中交谈时开始，从和落向森林深处的大叔眼神交汇时开始，我似乎知道会有这个结果了。所以，我没有诧异，也没有流泪。但是，我真的很想和大叔再多说一会儿话，希望他能读到我第十天的日记。

从白珊瑚森林回到公园时，我在海藻林中看到了似曾相识的光芒。是那只语言水母——第一天带我去大叔房子里的语言水母。他开心地旋转着，看起来要带我去一个地方。

语言水母把我带到了已经废弃的小学。

在我小学毕业后的第二年，这所小学就废弃不用了。时隔这么久，小学校舍变得很陈旧。在语言水母的带领下，我来到我和枪乌贼曾经待过的六年级二班，看到黑板上有一幅大大的画。

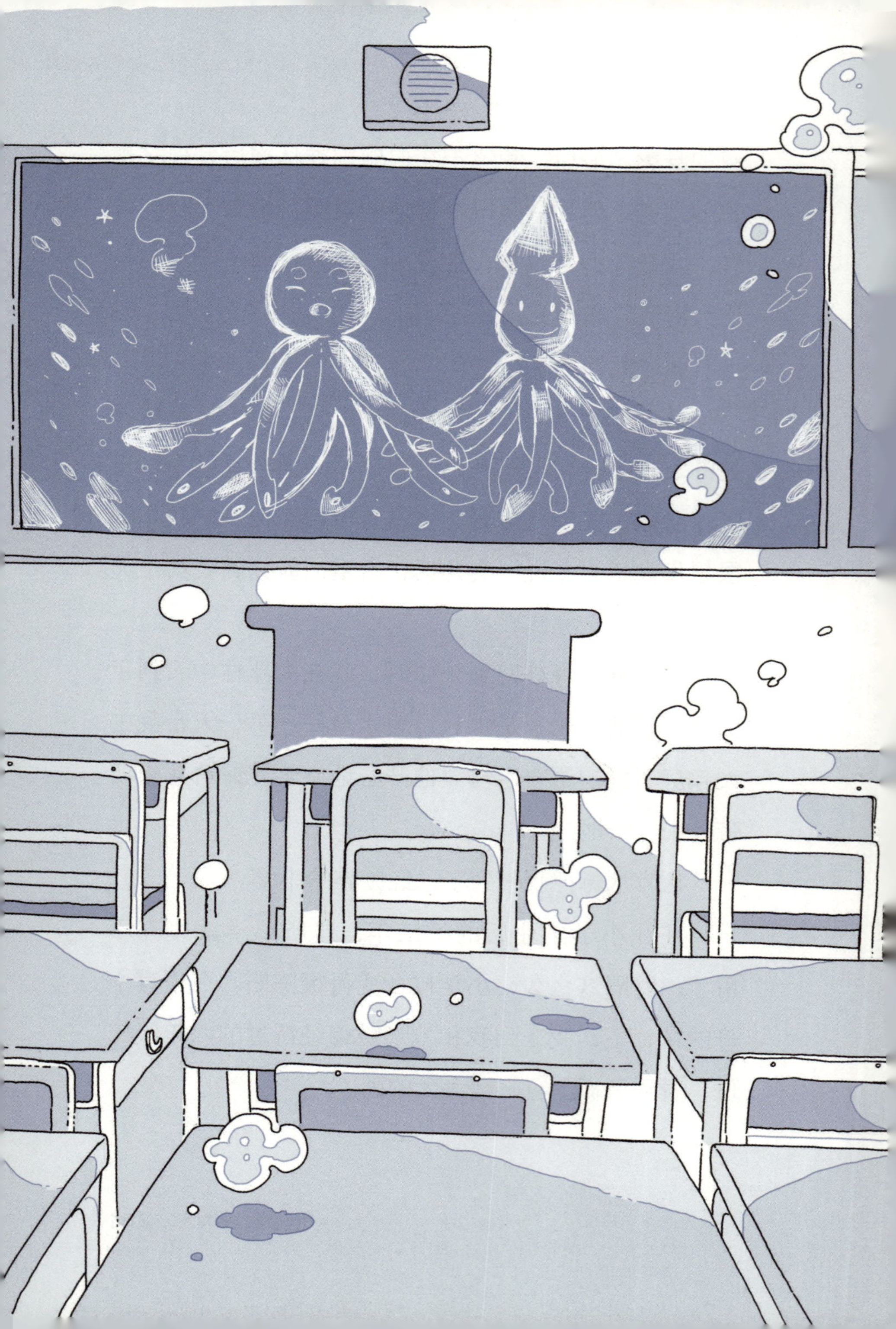

"什么嘛，真是的！"

我笑出了声，泪水夺眶而出。

这样的告别，也太酷了吧。语言水母轻轻抚摸着蹲下来抽泣的我。

"谢谢，真的很感谢。"

语言水母什么也没说，他渐渐变得透明，直到消失不见。

从那时起，过去了三年。现在，我已经是一名高中生了，依然坚持每天写日记。

我并没有因为写日记而改变性格，朋友也没有因此变多。我并不想改变自己。现在看来，我就是想喜欢原原本本的自己。通过坚持写日记，我觉得我多少做到了这一点。

我之所以坚持写日记，是因为我想读下去。我期待着把日记写下去，每天我都觉得：如果停笔不写，那就太可惜了。这是当时的我完全料想不到的。

大叔不会再读我的日记了。枪乌贼在升高中前搬去了一座有大医院的城市。

我每写完一本日记，就会把复印件给枪乌贼寄去。虽然我没有收到回复，但信件没有被退回，我想应该是送到了，送到了就好。

从体育节结束到初中毕业的半年时间里，发生了太多难以预料的事情。那半年可真漫长啊，感觉比那天枪乌贼在病房里说的还要漫长。

昨天，我突然收到枪乌贼寄来的一封厚厚的信。

信上说，每次读我的日记，他都很快乐，他很期待继续读我的日记，等腿伤完全康复后，他会再参加足球队。

信的最后是这么写的："我把我那个时候写的日记寄给你。如果你愿意，请读一读吧。"

现在，我的手上有一个旧笔记本，就是我在枪乌贼病房里见过的那个蓝色笔记本。当时他气呼呼地问我"你读了吗？"，指的就是这个笔记本。

在我翻看枪乌贼的日记之前,我重新读了我初中时的日记。伴着泪水和欢笑,我读完了那时候的日记。

接下来,我要打开枪乌贼的日记。

三年后的小章：

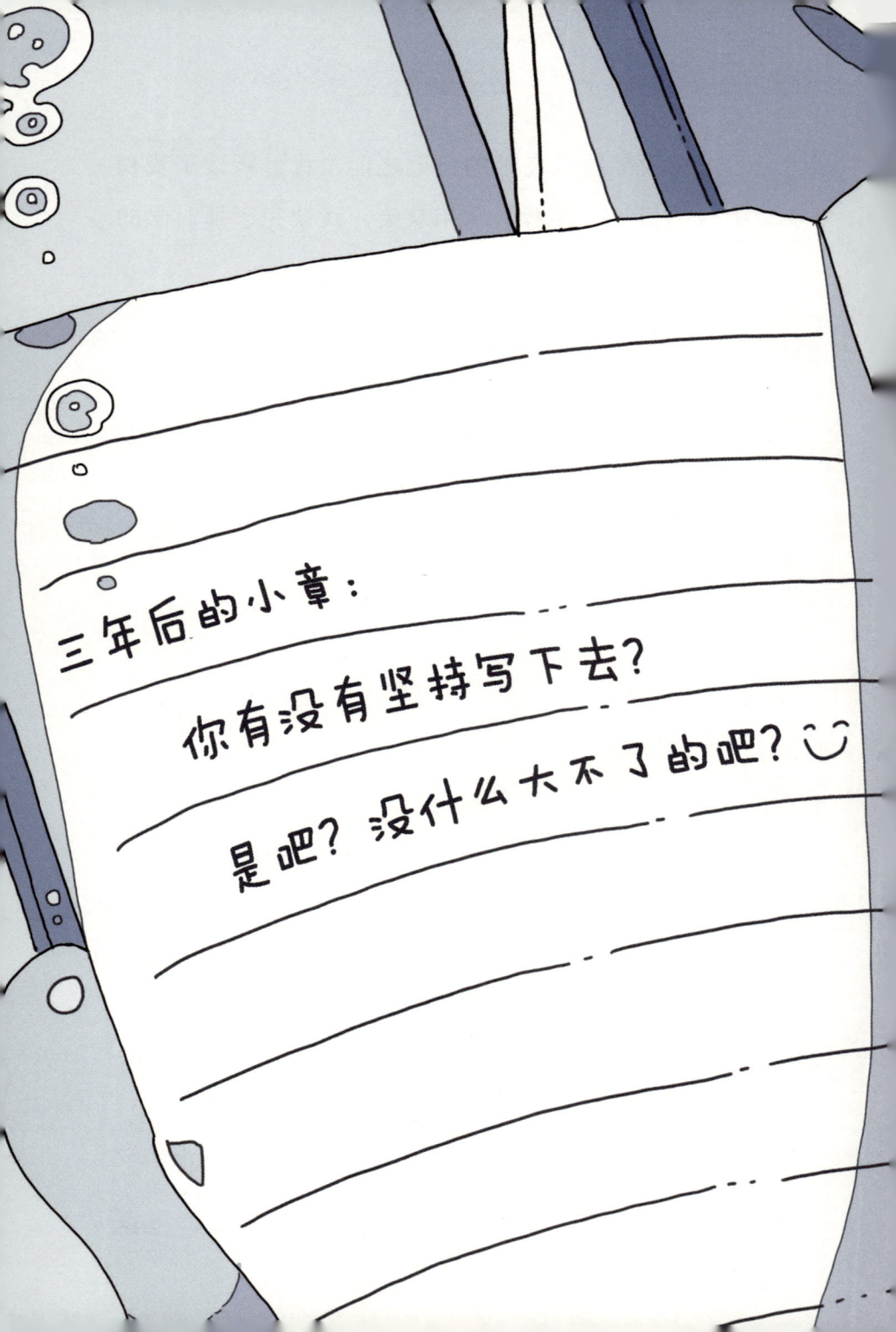

你有没有坚持写下去？

是吧？没什么大不了的吧？☺

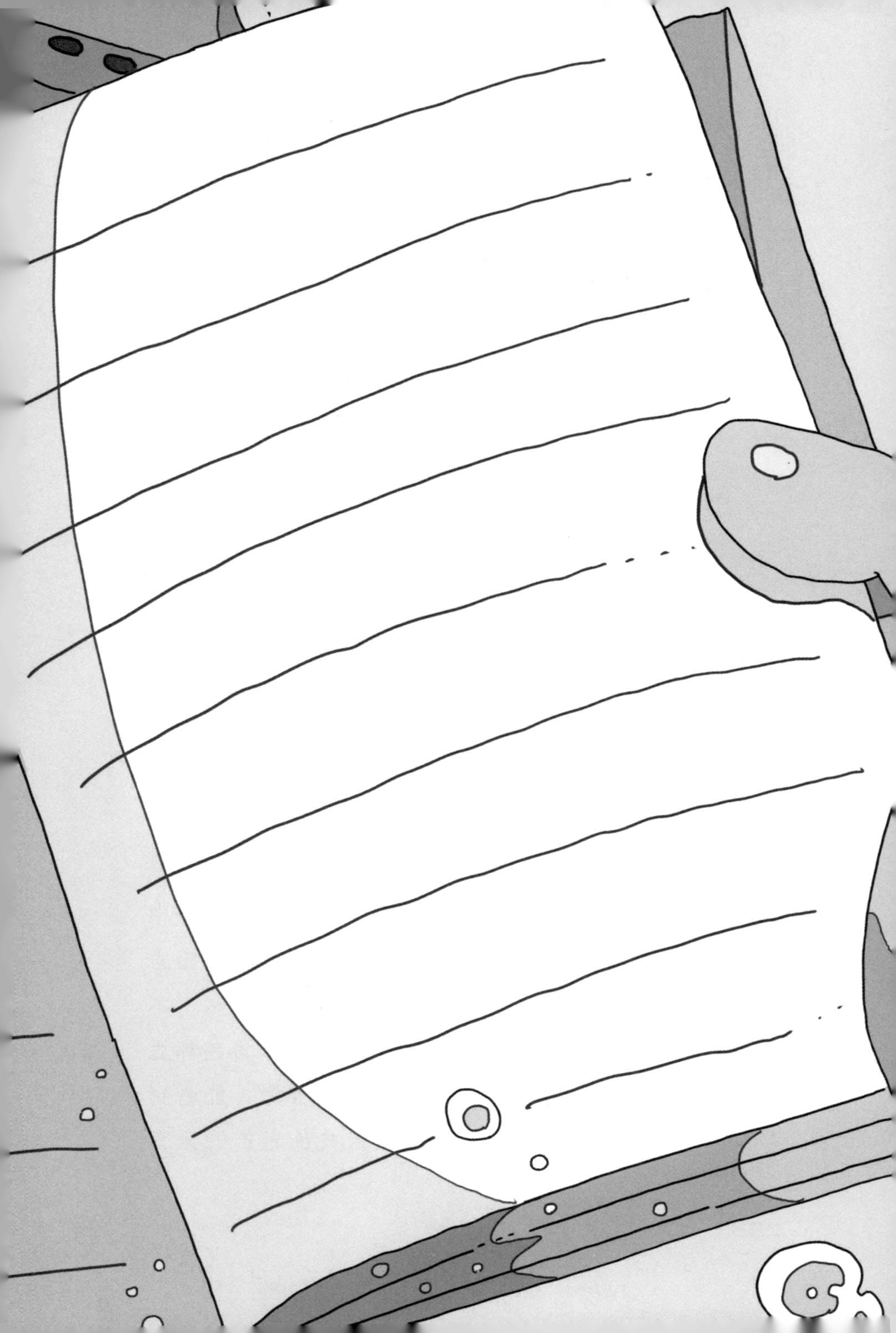

译后记

拿起笔，沿着长长的心灵阶梯向前走……

田秀娟

作为译者，每翻译完一本"有趣且有益"的图书，我都会感到十分愉快、充实、满足，会感恩和这本书的相遇，难忘在书中得到的共鸣，珍惜阅读带来的认知提升，享受文字带来的情绪价值，也希望好书能被更多人看见、读到，能为更多人送去精神支撑和心灵慰藉。这种种心情，正是我现在写这篇"译后记"时的所思所想。

《超越迷茫的勇气》这本书是有趣的。在翻译过程中，我无比钦佩作者奇妙的构思、有趣的语言：拟人化的海洋世界里充满成长的迷茫和烦恼，在学校中被排挤的章鱼小弟、慕强的海鳝、随波逐流的康吉鳗、外强中干的飞鱼、性格多面又坚强的枪乌贼、不够威严的老师、小心翼翼的家长……每一个角色都立体、丰富而真实。在寄居蟹大叔神奇的壳中，能看到自己的"头脑"和"心灵"；泛着银白色光芒的语言

水母能把"头脑中的想法"变成"语言";带着"橡皮"和五彩斑斓的"词语彩色铅笔",可以在自己的"心灵迷宫"中探险……追随作者的脚步,我们既能体验童话世界的奇幻之旅,也能收获酣畅淋漓的心灵探索之旅。

　　《超越迷茫的勇气》这本书是有益的。从海龟大叔传承至寄居蟹大叔的智慧、温暖、爱和包容,令人感动。在章鱼小弟苦闷得几乎想从这个世界消失的时候,寄居蟹大叔怀着深深的理解和接纳,向章鱼小弟娓娓道来:"想"和"思考"有什么不同?"写"和"说"有什么不一样?"对谁都不能说的话"该对谁说?怎样才能不成为"语言暴力"的施害人和受害人?怎样通过写作在自己的"心灵迷宫"中探险?怎样和周围的人联结?在书中,章鱼小弟通过倾诉和写作获得疗愈和成长,在悦纳自我的基础上,勇敢地在现实生活中迈出了新的步伐。

　　整本书读下来,读者会见证章鱼小弟的成长,为他拥有超越迷茫的勇气而欣喜,也会提升认知、开阔思维、收获成长:为什么说出来就会感到很痛快?如何跨越"想"和"说"之间的距离?原来"不思考,很糟糕",原来"对话中不要争胜负",坚持写日记就能发现"另一个自己",进而喜欢和接纳自己,有勇气迈入更开阔的人生。

在翻译这本书的过程中，我常想起作家周国平的话："不论在什么场合，只要是面对着中学生，我经常提的一个建议就是：养成写日记的习惯。""日记是岁月的保险柜。""日记是灵魂的密室。""日记是忠实的朋友。"周国平也对成年读者说过："写作使人清醒，是苦难中自救的方式。"我觉得这些观点与本书有异曲同工之妙。而且本书通过寄居蟹大叔和中学生章鱼小弟对话的形式，用浅显易懂的语言将心理问题和哲学问题融入生活实例中，引导读者同思考、共实践，通过写作在自己的心灵迷宫中探险，有勇气做"原原本本的自己"，从而树立更睿智、更开阔的人生观。

　　作为一个中学生的妈妈，希望孩子坚持阅读、坚持写作也是我发自内心的愿望。通过阅读，我们能与更多有趣的灵魂交谈，能突破日常生活的琐碎、困顿、局限，开阔视野、启迪思维，自由地进行心灵探索。在本书的开头部分，章鱼小弟的苦闷、迷茫、内心犹如困兽般无奈，是当今很多中学生的真实写照。其实，不仅中学生，包括我在内的很多成年人，都会在人生的不同阶段面对不同的人生课题带来的烦恼、迷惘和困顿。坚持阅读和写作，很多人生困惑就会被面对、被解决，进而转化为成长路上的宝贵财富。

　　现实生活中，不是每一个人都有机会遇到睿智而温暖的海龟大叔、寄居蟹大叔，但当这册书在手、展

卷阅读之际，就有一位智者成为自己的好朋友、好老师。我们就书中的观点与作者进行思想的碰撞，像章鱼小弟那样，提出自己的疑问，汲取智者的智慧，进而开阔自己的思维、丰富自己的心灵，让人生之路越走越宽。

作为一位中年人，对于"写作是自我疗愈、成长和救赎的方式"，我有过深刻、难忘的切身体验。2019年，在我爸爸因突发脑出血进ICU（重症加强护理病房）抢救的几十天中，每天除了15分钟的探视时间，守在ICU门外的我什么都做不了。为了让自己的精神有所支撑，在ICU门外焦灼等待的我坚持在手机上写下一篇篇日记，写下我和家人对爸爸的盼望，写下我们的心痛和在绝望中寻找希望的心急如焚。"写"让我在面对苦难时有了一丝喘息的空间，成为我在人生磨难中自救的一种方式。

惭愧的是，当爸爸万幸出了ICU但从此卧床之后，时间被分为"陪伴爸爸、照顾孩子、翻译图书"三部分的我觉得无暇分身，停止了手机上的日记写作。如今当我回首那时写下的文字，正如这本书中寄居蟹大叔所说的，当"写的日记"变成"读的日记"时，会发现那是一份多么珍贵的人生宝藏。翻开日记，回首当时的自己，会感恩"写"给自己带来的疗愈、成长和救赎。"因为想读下去，所以会写下去"，这是书中寄居蟹大叔告诉章鱼小弟的话，也是我翻译完这本书之后对自己说的话。重启日记写作，是我现在特别想做的事情，我想这也是我爸爸的在天之灵愿意看到的。

正如作家周国平所说："以为阅读只是学者的事，写作只是作家的事，这是极大的误解。阅读是与大师的灵魂交谈，写作是与自己的灵魂交谈，二者都是精神生活的方式。本真意义的阅读和写作是非职业的，属于每一个关注灵魂的人。"

翻译完这本书，我愿意对包括我在内的每一个人说：拿起笔，去写吧，沿着长长的心灵阶梯向前走……在每一个孤独的、迷茫的、惆怅的、心酸的、激动的、愤怒的、伤心的、欣喜的、甜美的、愉悦的、平常的、普通又不普通的深夜，拿起笔，去写吧，直到拥有超越迷茫的勇气，直到度过自洽的人生。

不管是负重前行的中年，还是迷茫的青年，或是感到重压的孩子，愿这世上每个人都能如书中的章鱼小弟那样，得到"被别人倾听"的慰藉，收获"用语言表达"的快乐，获得"与自己的心灵对话"的宁静，在阅读和写作中突破眼界和思维的局限，走出自己的小天地，看到更广阔的世界。

寄居蟹大叔的信

如果你停笔不写日记了,
　请打开它吧。

如果你正在读这封信，说明你已经停笔不写日记了。
"重要的约定被打破了。
好不容易坚持到现在，却前功尽弃了。"
也许，你正因此而感到很失落。
但是，约定并不是一张"撕破就完了"的纸。
约定，是一种联结。
停笔不写日记了，只是约定之绳松开了而已。
只要重新系上就好了。
约定之绳，可以多次系好。
在这里，我告诉你三个"重新系好约定之绳"的诀窍。

1 当你想不出写什么的时候……
试着写下"无事可写"的状况

打开日记本，却想不出写什么才好，你遇到过这种情况吧？这种时候，干脆写写"无事可写"的状况。接着思考一下为什么无事可写，回想一下当天的自己。

那一天，或许你一直忙着打电子游戏，或许你就是睡大觉了，一天下来无所事事。所以，你才觉得没有要写的。这样的话，那就想想：你玩了什么电子游戏？你为什么沉迷那个游戏？那个游戏哪里好玩儿？你为什么会对学习感到厌烦，玩电子游戏却不会烦呢？……像这样思考，就有要写的东西了吧？写什么都行。只要开始写，脑子就开始转。没有要写的东西，是因为"你没有动笔写"。

2 满脑子都是怨言和坏话的时候……
试着给日记写上"收件人"

想写日记，但满脑子都是怨言和坏话的时候，试着给日记写上"收件人"吧。比如，在开头写上一句"谢谢啦"。不必考虑太多，先写上这么一句。然后，去想一想自己想对谁说"谢谢"。你或许想对学校里的朋友说"谢谢"，或许想对爸爸妈妈说"谢谢"。接着，想一想自己要为什么事情对他说"谢谢"。比如："谢谢你那个时候给我打了电话。"最后，把自己刚才所想的内容坦诚地写出来，就像写信一样。当然，开头的话也可以是"真抱歉"，还可以是"现在我能说了"，什么都可以。

不必害羞，写下对某个重要的人"以前没能说出来的话"吧。这样一来，日记里就不会充满怨言和坏话，你也会喜欢能说出这些话的自己。举例如下：

> 谢谢啦。那时你借给我的小说很有趣。读那本小说的时候，我觉得自己就像在另一个世界旅行。读完后，想到自己竟然能读完这么厚的小说，我觉得很自豪。从那之后，我经常读小说。不久前，我读了一本很有趣的小说，它讲了这样一个故事：沉睡了多年的主人公睁开眼睛……

3 觉得坚持每天都写很辛苦的时候……
试着"只写今天的日记"

感觉自己已经写了很长时间的日记，但其实连三个月都不到。照这样下去，很难做到坚持写好几年吧……你是不是有这种又茫然又沮丧的时候？

有目标，是一件好事情。但是，太远大的目标反而会让自己失去干劲。所以，不要考虑"坚持写三年""坚持写到毕业"，先试着"只写今天的日记"。到了明天，也是"只写今天的日记"。过了半年，还是"只写今天的日记"。就这样，一个又一个的"今天"会塑造我们。就算有几天写不出来也没关系，中间空了好几天也没关系。不要回首过去，重要的是"写今天的日记"。

来吧，合上这一页，重新系好绳子吧。
探险还在继续。

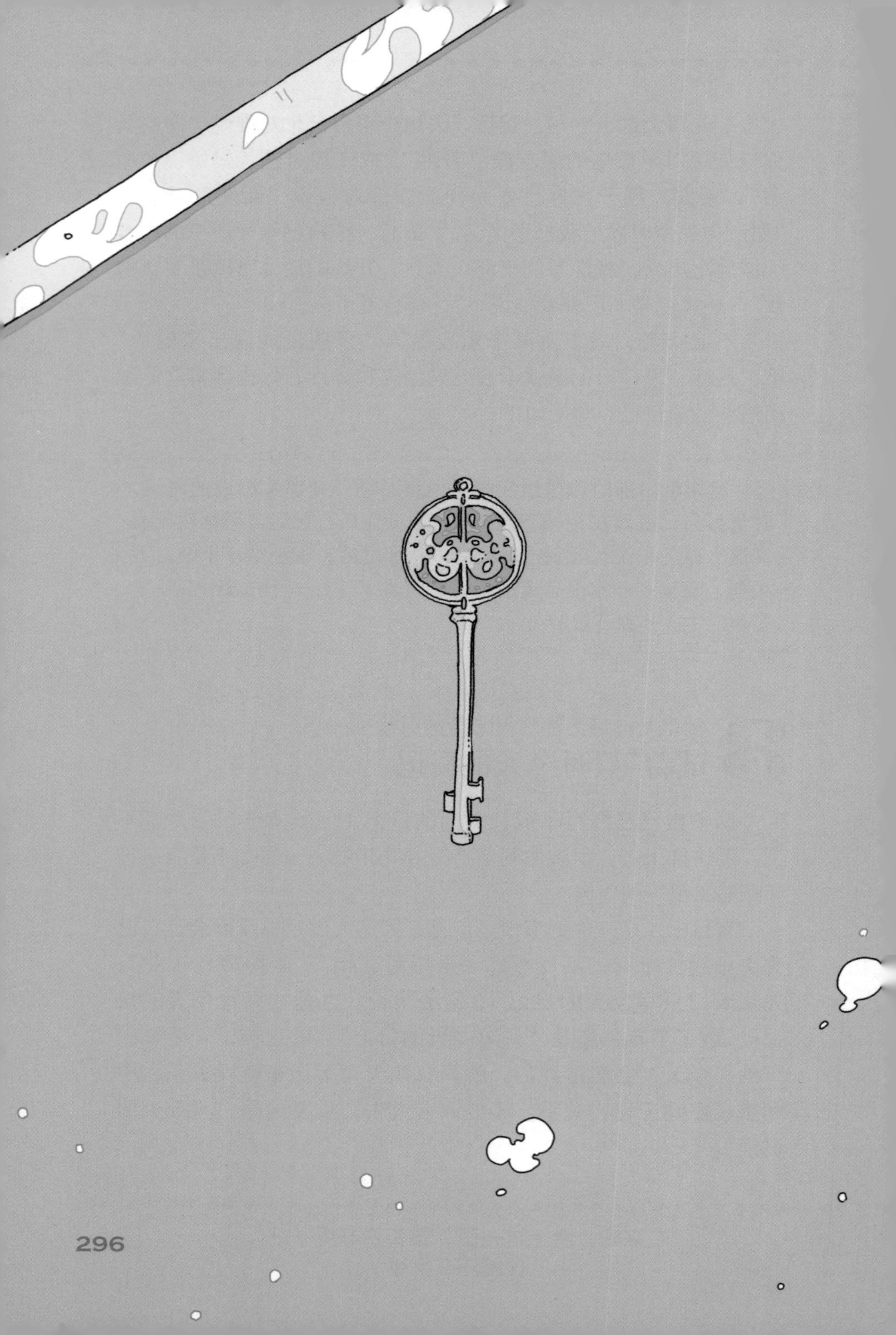

游泳高手

我是海胆

海盐 意大利面

海带脆 原味

闪电足球队

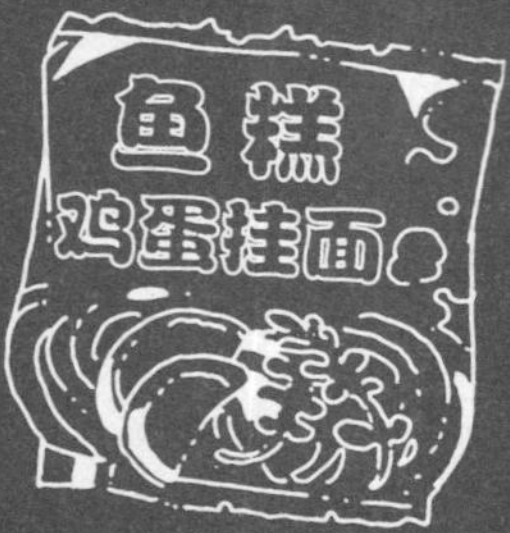
鱼糕
鸡蛋挂面

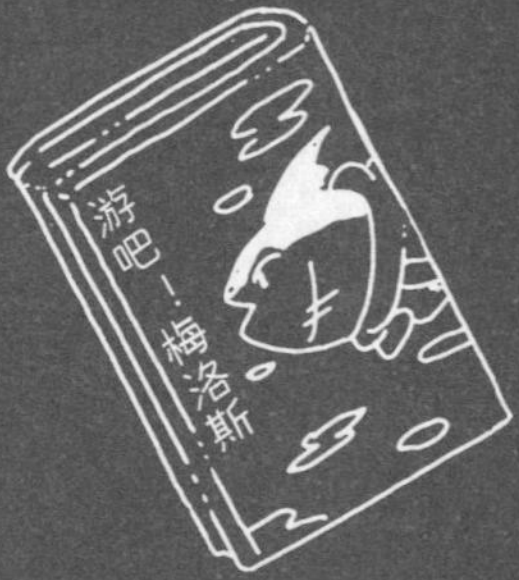
游吧！梅洛斯

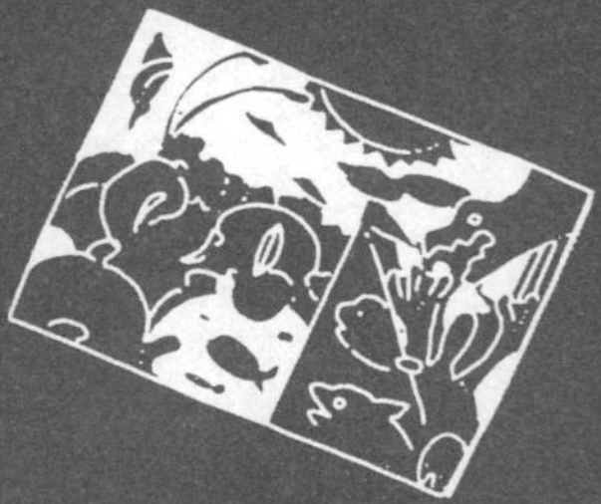

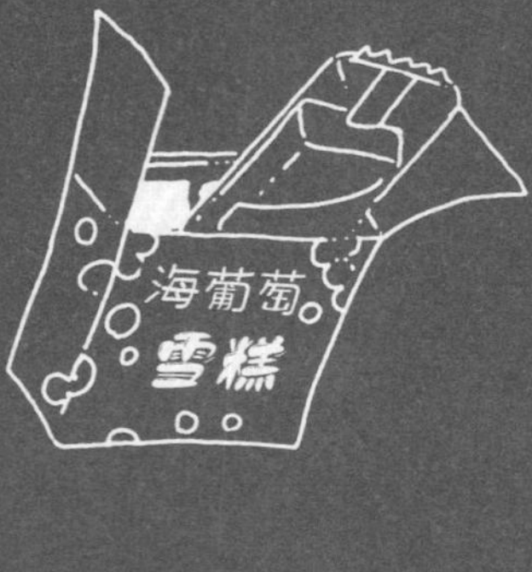
海葡萄
雪糕

写给未来的自己

日记本

青岛出版集团 | 青岛出版社

Date / /

我，想喜欢原原本本的自己。

超越迷茫的勇气

Date   /   /

写出来，就是在和自己对话。

超越迷茫的勇气

Date   /   /

人生最大的谜就是自己。我想了解自己。

超越迷茫的勇气

Date / /

只要打开日记本,那儿就有一个自己独有的世界在等着自己。

超越迷茫的勇气

Date   /   /

写日记，就是在自己的心灵迷宫中探险。

超越迷茫的勇气

Date   /   /

写的不是对任何人的回复，而是自己心中的话。

超越迷茫的勇气

Date / /

用语言来表达自己,真的很重要。

超越迷茫的勇气

Date   /   /

养成随时记录的习惯，写日记就会变得有趣。

超越迷茫的勇气

Date   /   /

用简洁的语言清楚地传达信息。

超越迷茫的勇气

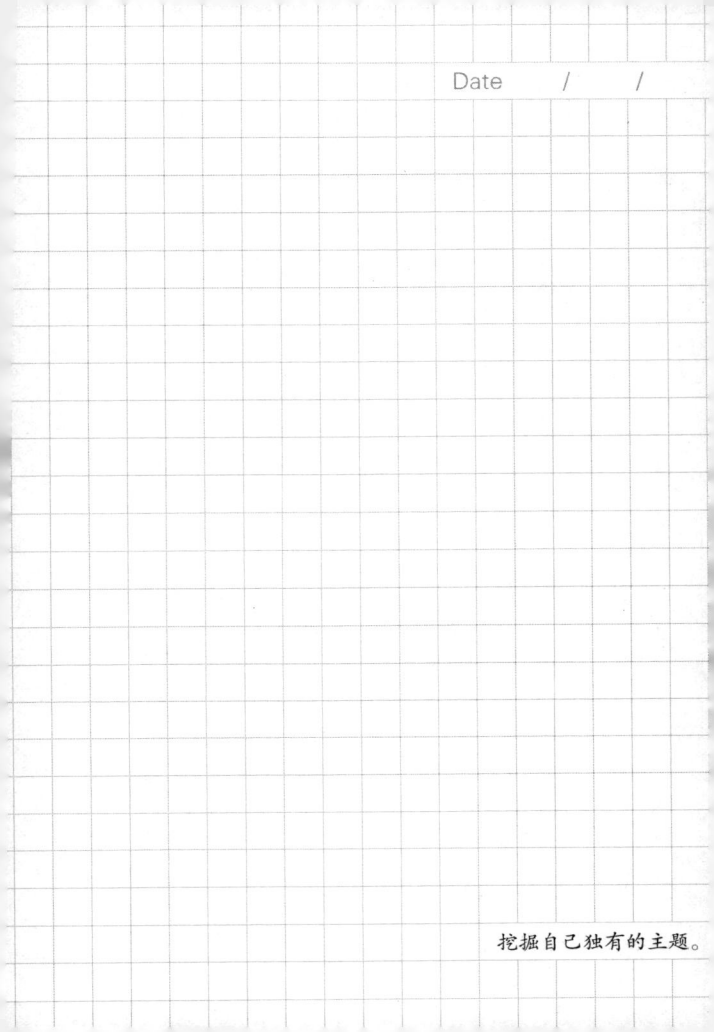

Date   /   /

挖掘自己独有的主题。

超越迷茫的勇气

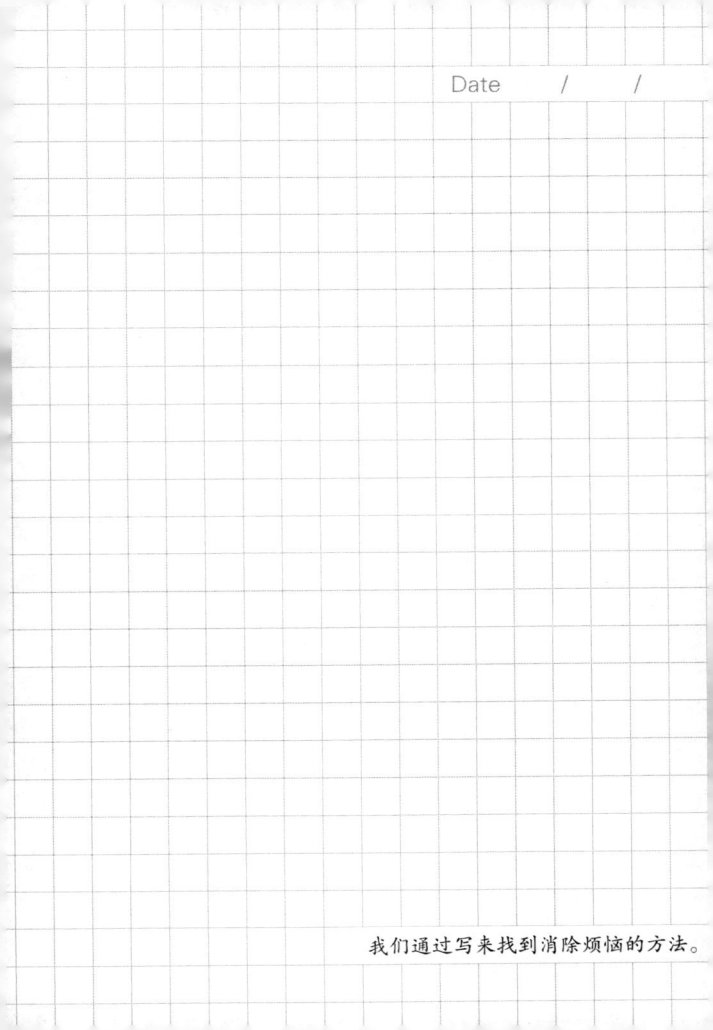

Date   /   /

我们通过写来找到消除烦恼的方法。

超越迷茫的勇气

Date   /   /

在日记中不需要撒谎，不需要装腔作势。

超越迷茫的勇气

Date   /   /

日记中会诞生另一个自己,你会渐渐喜欢日记里的自己。

超越迷茫的勇气

Date / /

我最希望懂我的人，就是自己。

超越迷茫的勇气

Date   /   /

只要长年累月地写下去，我们自己就会成为日记的头号粉丝。

超越迷茫的勇气

Date   /   /

我们要向前看,要接受新的事物,用新的记忆充实内心,
让旧的记忆消失。

超越迷茫的勇气

古賀史健《超越迷茫的勇气》赠品
© Fumitake Koga, Narano / Poplar